后浪

文学课

如何轻松理解伟大作品

HOW TO READ LITERATURE LIKE A PROFESSOR FOR KIDS

THOMAS C. FOSTER

[美] 托马斯·福斯特 ———— 著

江美娜 | 张积模 —— 译

北京联合出版公司
Beijing United Publishing Co.,Ltd.

献给我的儿子罗伯特和南森

目 录

— 引言 —

他是怎么做到的

林德纳先生？那个畏畏缩缩的人？

没错，是林德纳先生，是那个畏畏缩缩的人。不然你觉得魔鬼应该长什么样？如果魔鬼是个红红的家伙，长着尾巴、犄角和偶蹄，那么，傻瓜也会拒绝他的提议。

我和班里的同学正在讨论美国黑人剧作家洛林·汉·斯伯里的剧本《日光下的葡萄干》(1959)。当我提出林德纳先生就是魔鬼时，班里出现了各种各样的质疑声。

扬格一家是非洲裔美国人，生活在芝加哥。他们采用分期付款的方式购买了一栋房子，邻居是清一色的白人。林德纳先生是一个脾气温顺的小个子，他拿着一张支票去拜访扬格一家。和其他邻居一样，他希望扬格一家能收下支票，不要搬进他们新购的住宅里。

一开始，沃尔特·李·扬格十分自信地拒绝了他。他相信，他们家的财力（沃尔特的父亲去世后给他们留下一笔可观的人寿保险金）是有保障的。可是，送走林德纳先生之后不久，他就发现，三分之二的保险金被人骗走了。一时间，林德纳先生无理的建议倒成了他们一家的救命稻草。

与魔鬼交易由来已久，它们的原型大都来自有关浮士德的相关传说。在这个古老的故事里，魔鬼以享乐、财富和权力换取浮士德的灵魂。浮士德愉快地接受了，继而成天沉湎于灯红酒绿、纸醉金迷的生活之中。等他发现魔鬼把他的灵魂拖往地狱时，已经悔之莫及了。人们一代一代都在反复讲述着这个故事。每一次，主人公都急于得到某种东西，如权力、知识，抑或是能击败洋基队的快球，而代价都是要出卖自己的灵魂。

在汉斯伯里的剧本里，当林德纳先生提出建议时，他并没有提及沃尔特·李的灵魂，他甚至不知道自己要买走的是他的灵魂。然而事实如此。他可以帮助沃尔特·李渡过家庭危机，而沃尔特·李要做的就是承认他和他的白人邻居在地位上是不平等的，人们可以花钱买走他的自尊乃至他的身份。

如果这不是出卖灵魂，那什么是出卖灵魂？

不过，沃尔特·李抵挡住了魔鬼的诱惑。他看看自己，看看这笔买卖的真实成本，及时拒绝了魔鬼——林德纳先生——的提议。沃尔特·李在与自己内心的魔鬼、与拿着支票前来拜访的魔鬼打交道的过程中，磨炼成一名响当当的英雄。他成功了，他保住了自己的灵魂。

教授和学生的对话之间总会出现不同的看法。每个人的脸上都会挂着不一样的表情。我的表情在说："什么，没看出来？"他们的表情则在说："没看出来。而且，我们觉得，这些都是你杜撰的。"诚然，我们读的是同一个故事，但是分析故事的方法却各有不同。

教师对故事的解读看似是无中生有，向壁虚构。然而实际上，教师是过来人，随着岁月的流逝，他们积累了一些经验，总结出了一套解读文学作品的方法。换言之，我们在欣赏文学作品时，可以遵循一些模式和规则。

故事也好，小说也罢，都有大量的惯例、规则及其他可探究的东西：如人物类型、情节节奏、篇章结构以及不同视角等。同样，诗歌有诗歌约定俗成的创作手法，剧本也不例外。小说、诗歌、剧本也有相通的地方。春天就是春天，无论出现在诗歌、戏剧还是小说中，都是一样的。白雪、黑暗、睡眠也都如此。

只要出现春天，我们就会立刻想到青春、希望、羊羔、蹦蹦跳跳的孩童，不一而足。继续联想，还会出现其他的概念，如新的生命、新的生活、万象更新等。

好吧，权当你说的是对的。文学创作有一套约定俗成的规则，这正是我们开启文学大门的钥匙。但怎样才能得到这把钥匙呢？

这和进入卡内基音乐厅是一样的，靠的是勤学苦练。

读者初次接触一部小说时，关心的往往是故事的情节和故事中的人物关系，即都有哪些人物？他们都做了哪些事情？他们在书中的遭遇又是什么？读者的感情会随着书中人物的不同际遇而起起落落，或喜或悲，或笑或哭，或兴高采烈，或忧心忡忡。这也正是每一位作者所期望达到的效果。

然而，当一名英语教师阅读文学作品时，尽管他的感情也会起起伏伏，但是，他的注意力还会放到别的元素上去。他会提出很多别的问题，比如：我喜悦、悲伤或焦虑的原因是什么？这本书中的人物和我读过的别的书里的类似吗？这种场景在哪儿见过？如果你能提出上述问题，那么，你就会用一种全新的眼光去阅读理解文学作品，其结果自然是收获多多，乐趣多多。

— 第一章 —

每一次旅行都是一次探险

好，这样吧。比如说，你在读一本书，讲的是一名普普通通的16岁的儿童在1968年夏天的经历。这个孩子——我们姑且把他叫作吉普·史密斯吧——希望在入伍之前能把脸上的粉刺治好。他正在去商店的路上，他要买面包。他骑着一辆不可变速的倒刹闸自行车。这样的车子很难骑，而且，骑着它为妈妈跑腿更是让他觉得脸上无光。途中，他遇到了各种各样的烦心事，包括与一只德国牧羊犬不愉快的遭遇。然而，最可怕的莫过于在超市停车场的所见所闻。他看到了自己梦中的女孩凯伦正在托尼·沃克斯豪尔崭新的豪车巴拉可达里面玩耍嬉笑，甚是开心！

吉普早就憎恨托尼，一方面是因为他的姓氏——沃克斯豪尔，那可是豪门的代名词，不像他的姓氏史密斯，一听就知道是出生在一个普普通通的家庭，另一方面是因为那辆亮瞎眼的绿色巴拉可达，它的速度快赶上光速了，当然，还因为托尼一辈子养尊处优，过着饭来张口衣来伸手的神仙日子。此时的凯伦正玩得开心呢。她转过身来，看见了吉普，仍然笑个不停。可是，就在此前不久，她还和吉普出双入对，卿卿我我呢！

吉普走进店里，去买妈妈吩咐他买的“神奇牌”面包。就在他伸手拿面包的当口儿，他打算向海军征募员隐瞒自己的真实年龄，即使这意味着要去越南。这是因为，如果他继续留在这个巴掌大的小镇里，他将无所事事，一事无成，因为这里的人们只关心一件事情，那就是，你的爸爸究竟挣多少钱。

这里发生了什么呢？

如果你是一名英语教师（甚至都不用是见识非常广阔的英语教师），你就会发现，你刚刚目睹了骑士遇到敌人的一幕。

换句话说，刚刚出现了一次探险！

可是，看上去不过是去商店买白面包的一次经历啊！

没错。可是你想，探险的要素是什么？它包括一名骑士、一段险路、一个圣杯，至少还要有一条恶龙、一名邪恶的骑士和一名可人的公主。没错吧？我觉得差不多了。这里有骑士（吉普）、险路（凶恶的德国牧羊犬）、圣杯（神奇牌面包），至少还有恶龙（请相信我，1968 年的巴拉可达的确可以喷火）、邪恶的骑士（托尼）和公主（凯伦）。

这似乎有点扯吧？

乍一看，是的。可是，让我们再想一想探险的必备要素吧：

1. 探险者
2. 要去的地方
3. 要去的公开的理由
4. 途中的艰难险阻
5. 要去的真正的理由

第一条很简单。探险者，顾名思义，就是要去探险的人，无论他自己是否意识到是在探险。事实上，他自己往往不知道。第二条和第三条相辅相成：有人告诉我们，我们的主要人物——也就是主人公——要去某个地方，去干些什么：去寻找圣杯。去商店买面包。到末日火山去，把指环丢掉。就是要去那里，就是要做这个。

现在，再回头看看我说的“公开的理由”，这个和第五条关系紧密。

“真正的理由”和“公开的理由”永远不会是一样的。事实上，探险者往往无法完成公开的任务。（弗罗多到了末日火山，可是，他并没有把指环扔到火里。没有！真的没有！不信？那就再回去读一遍吧。）那么，主人公为什么要踏上这样的探险之旅？我们为什么又要关心呢？他们前往，是因为公开的任务，他们相信那是自己的使命。然而，我们知道，他们的探险是有教育意义的。对于唯一重要的东西，他们并不完全知晓，那就是他们自己。**探险的真正理由永远是认识自我。**

弗罗多把世界从魔王索伦手里拯救出来，那不过是运气罢了。探险给他带来了真正的启迪，那就是，对仁慈怜悯价值的新的认识，以及究竟谁真正需要仁慈怜悯：咕噜、弗罗多自己以及中土世界的所有人。

再举一个例子。我敢肯定，对你来说。这本书并不陌生。那就是《圣诞怪杰》(1957)。

且慢。格林奇(《圣诞怪杰》的主人公)是在探险吗?

没错。请看：

1. 探险者	一个脾气古怪的穴居生物，它受够了圣诞节期间的喧嚣、庆祝以及节日给人们带来的愉悦情绪
2. 要去的地方	从山顶洞穴到山下的无名镇
3. 要去的公开的理由	盗窃圣诞礼物、圣诞树和所有的装饰物
4. 艰难险阻	从山上到山下危险的雪橇之旅；打包圣诞礼品和各种装饰物；与2岁女孩的遭遇；女孩的一个问题差点使格林奇的所有努力付诸东流；雪橇不堪重负的艰难回程
5. 要去的真正的理由	了解圣诞节的真正意义，使自己皱缩的心脏恢复原样或长得更大，寻找真正的幸福

一旦找到窍门，你就会发现，《圣诞怪杰》的的确确是按照探险故事的套路来的。《指环王》《哈克贝利·费恩历险记》《星球大战》和《别有洞天》，也是如此。当然，其他故事大都也不例外。主人公外出探险，而他的所见所闻、所作所为往往与初衷南辕北辙，背道而驰。

这里我要提醒一下诸位：如果我在书中的言论给大家一个永远正确的印象，那我要郑重道歉。说到文学，“永远”和“永远不”这样的字眼毫无意义。比如说，如果某些东西看上去永远正确，那么，一定会有人站出来，写一些与之完全相反的东西来。

现在，再来看看旅程吧。有时，探险失败了，或者说，主人公根本就没有去尝试。每一次旅行真的都是一次探险？不能一概而论。比如，有时候，我只是开车去上班而已，没有探险，没有成长。我敢保证，创作也是一样。有时候，故事情节要求人物从家里来到工作场所，然后，再回到家里。仅此而已。然而，人物一旦上路，我们就应该注意了，看看会不会发生什么特别的事情。

探险主题一旦确定，其他的问题就迎刃而解了。

— 第二章 —

很高兴和你一起用餐：圣餐仪式的故事

有时，一顿饭就是一顿饭。书外的我们会饿，书中的人物也会饿。然而，事情往往不会那么简单。书里的人物一起吃吃喝喝，叫作“communion”。

对于大部分读者而言，“communion”一词只有一个意思，那就是“交流”或者“沟通”。事实上，尽管“交流”非常重要，但这并非该词唯一的含义。而且，基督教也并没有把它据为己有[1]。几乎所有宗教都有某种仪式，即信徒们聚集在一起，分享食物。但是，并非所有的“圣餐仪式”都是神圣的。书里面，有各种各样的“圣餐仪式”。

下面这些关于“圣餐仪式”的事情一定要牢牢记住：

1 “communion”在基督教中是“圣餐仪式”的意思。——译者注在现实生活中，掰开面包，一起吃，是“分享”与“和平”的行为。把面包掰开，意味着你不会把对方的头颅掰开。人们往往请朋友吃饭，而不会请敌人用餐。事实上，我们对就餐对象非常挑剔。一般而言，与人就餐就等于是说：“我喜欢你，我会陪伴着你，我们是一个战壕的。”这是一种“圣餐仪式”。

文学作品中也是如此。在文学中，还有另一个原因。描述一个用餐的场面并非易事，实际上，也挺枯燥乏味的。比如，炸鸡。说到炸鸡，能写出什么特别的东西吗？所以，要描述用餐的场面，必须找到一个重要的理由，而这个理由一定要和书中人物有着这样那样的联系。

比如，苏斯博士的《绿鸡蛋和火腿》（1960）里面的主人公。他甚至连个名字也没有。他不想吃绿鸡蛋和火腿，连尝也不愿意尝一口。而且，他也不愿意听那个叫作“山姆是我”的小家伙在他耳边唠叨，求他尝一小口。事实上，他希望“山姆是我”快点离开。“让我一个人待一会儿！”他命令“山姆是我”。可是，当他最终让步，品尝了绿鸡蛋和火腿时，他却喜欢上了它们。他甚至开始喜欢上“山姆是我”了。他吃了，他结交了一个朋友。这就是“圣餐仪式”最简单的形式。

有时，书中只设计一个用餐的场景就足够了，书中的人物根本不需要去品尝任何东西。罗尔德·达尔的《查理和巧克力工厂》（1964）讲的全是吃的，尽管书的开头写的是一个吃不饱饭的家庭。查理和他的家人靠面包、土豆和卷心菜活着，可是，由于食物不够，全家慢慢陷入饥饿当中。

尽管一家人穷得吃不上饭，但是，整个家庭中却弥漫着爱的气息。可怜的小查理最爱的人是他的爷爷乔。爷爷把自己全部的积蓄——一毛钱——全都给了查理。查理用这一毛钱买了一块巧克力，他和爷爷一起犹犹豫豫、战战兢兢地剥开外面的包装，看看里面是否会有一张“金票”，可以让他们进入充满传奇的威利·旺卡巧克力工厂。

然而，没有金票，有的只是一块巧克力。

俩人相视大笑。

他们没必要咬上一口巧克力，读者也知道他们分享的是什么。他们分享的是乐趣，是激动，是构成童年一部分的期待和憧憬。他们分享的是笑声，是希望。他们分享了威利·旺卡巧克力，他们的关系更加紧密了，而且，爷孙两代人直到书的结尾都一直形影不离。

如果书中的人物没有一起用餐呢？如果那顿饭不欢而散，或者根本就没有那顿饭，那又会如何呢？

结果会完全不同，此中的逻辑也是一样的。如果一顿可口的饭菜，或者一份小吃，或者一块巧克力暗示着好运即将降临到分享的人头上，那么，一顿没有享用完的饭菜则是厄运的象征。这样的场景，电视里经常出现。两个人正在用餐，这时，第三个人出现了。其中一人或者两人都停了下来。他们把餐巾放在盘子上，说自己没有食欲，借故离去。根据这个场景，我们立马就能知道，他们对待这位“不速之客”的真实态度。

还有一本写巧克力的书，那就是罗伯特·科米尔的《巧克力战争》(1974)。仅看书名，我们都会认为，这是一个与巧克力有关的故事。实际上，它是写欺凌的，写腐败的，写权力的，写与强权抗争所需要的勇气和将付出的代价。杰里·雷诺无视控制学校的学生的要求，拒绝为一个募捐活动出售巧克力。结果，他为此付出了沉重的代价。没有人支持他，他被孤立了。

书中，没有人吃任何东西。在一本写巧克力的书里，从头到尾没有任何人吃一口巧克力。没有用餐的场面，没有“圣餐仪式”，也没有杰里获助的场面。如果有人把巧克力义卖箱橇开，咬上一口，那个可怜的小家伙或许还有一点机会。

— 第三章 —

很高兴吃你：吸血鬼的故事

一字之差，意思完全不同！第二章的题目是“很高兴和你一起用餐（nice to eat with you）”，这一章的题目是“很高兴吃你（nice to eat you）”。看，把第二章题目中的with（和）一词去掉，意思截然不同。没有了with，不仅意思不太好，而且，还有点瘆人！这说明，文学作品中，不是所有就餐的场面都是友好的。不仅如此，有时根本就不像就餐的场面。比如，怪物。

你是说文学作品里的吸血鬼？让你说着了。我还真读过一些，如《暮光之城》《惊情四百年》、安妮·赖斯的作品等。

不错。每个人都喜欢恐慌、喜欢被吓破胆的感觉。然而，吸血鬼仅仅是个开始。不仅如此，吸血鬼并非是最吓人的。毕竟你还能通过獠牙认出他们来。

让我们从德古拉伯爵说起吧。你知道，在几乎所有有关德古拉伯爵的电影里，他身上都有着一种怪异的魅力。他性感无比，但总是非常危险，非常神秘，而且目光总是放在未婚的美女身上。得手后，他自己变得越来越年轻，越来越有活力（如果可以这样描述这些能够死而复生的东西的话）。与此同时，他的受害者获得了他的特性，开始寻找自己的受害者。

再来看看这个。一个下流的老头，表面迷人，但内心险恶，他糟蹋年轻的姑娘，把自己的印记留在她们身上，夺走她们的贞洁，使她们茫然不知所措，只能被动地成为他的追随者。因此，我们可以得出这样的结论：德古拉伯爵的所有故事，其目的不仅仅是让我们大惊失色，还与性有着这样那样的关联。

那么，那些从未咬人的吸血鬼，又会怎么样呢？

是的，众所周知，爱德华从来不咬贝拉。不过，斯蒂芬妮·梅尔《暮光之城：暮色》（2005）里的吸血鬼主人公爱德华非常神秘，非常迷人，对吧？（和德古拉一样。）

他想咬贝拉，对吧？（和德古拉一样。）爱德华可能在自控方面和德古拉有些不同，但是，在欲望方面则是别无二致。他和德古拉伯爵想要的东西也是一样的，他们要的都是天真无邪的年轻女子的血，都要爬进年轻女子的闺房，都要看着年轻女子睡觉。

因此，“吸血主义”已远远超出了吸血鬼本身？

是的，的确如此，但同时也涉及别的方面：如自私，利用，否认别人存在的权利，等等。有关这一点，我们回头再谈。

这一点同样适用于别的恐怖故事，如鬼或者邪恶的“二重身”幽灵。鬼故事永远都超出了自身的范畴。想想哈姆雷特父亲的魂灵，想想他在半夜出现在城堡的墙垛上。他出现在那里的目的，不是为了吓唬自己的儿子，而是为了指出丹麦皇室里出了大乱子。（什么大乱子？这位国王的兄弟先杀死了他，然后又娶了他的遗孀。）

或者，看看《圣诞颂歌》（1843）里马利的鬼魂。他叮叮当当地行走着，接连不断地呻吟着，真是为吝啬鬼上了一堂生动的道德课。再或者，看看化身博士的另一半。在《化身博士》（1886）中，罗伯特·路易斯·史蒂文森通过可怕的海德先生告诉读者，即便是德高望重的人也有黑暗的一面。作家利用鬼魂、吸血鬼、狼人以及其他让人感觉到恐惧的事物，象征日常生活中的某些方面。

鬼魂和吸血鬼从来就不仅仅是在描述鬼魂和吸血鬼。

不过，有点难办的是，鬼魂和吸血鬼不一定总要现身。有时，真正可怕的吸血鬼不是别的，而是“人类”本身。

亨利·詹姆斯写过一个非常有名的故事——《黛西·米勒》（1878）。里面没有鬼魂，没有恶魔附体，有的只是午夜罗马娱乐场。黛西是一名十分随性的年轻美国女子，她打破了她所遇到的欧洲富人的社交习俗。最终，她因在娱乐场上感染了疟疾而死去。可是，你知道真正杀死她的凶手是谁吗？是吸血鬼。

真的，是吸血鬼。我知道我前面说过，这本书里面没有超自然的力量。可是，吸血鬼不一定都要长着獠牙，罩着披风啊！

黛西希望引起一名叫作温特伯恩的男子的注意。然而温特伯恩、他的婶子和他圈里的朋友见了黛西后，都不待见她。但是出于某些原因，他们并没有和她完全切断联系。相反，他们一直在利用她想成为他们中一员的热情。

最后，温特伯恩看到黛西半夜时分和一名男性朋友出现在娱乐场，却假装没看见。“他假装不认识我！”黛西说道。其中的含义，真是一目了然，再清楚不过了。

吸血鬼故事的所有重要因素都在这里。这里有一个年长的男人，他代表着腐朽陈旧的价值观念。这里有一个朝气蓬勃、天真无邪的年轻女子，她失去了青春、元气和贞操。年长的男人继续活了下来，年轻的女子则撒手人寰。

当然，也有一些书，里面的鬼魂或者吸血鬼除了给人带来一声廉价的尖叫以外，没有任何意义。不过，这样的故事很快就会被读者所遗忘。这类书籍只是在阅读的过程中能给人一种浑身起鸡皮疙瘩的感觉。而在那些经久不衰的作品中，吸血鬼、食人族、幽灵的形象反复出现，他们削弱对手，壮大自己。

这就是吸血鬼故事的精髓所在：利用别人，实现自我；否定他人的生存权利；把自己的欲望，尤其是邪恶的欲望，凌驾于他人的需求之上。我认为，只要自私的念头伴随着人类，吸血鬼就会永远伴随着我们。

— 第四章 —

如果是方形的，一定是十四行诗

时不时地，我会问学生："我们正在讨论的是哪种诗？诗的形式是什么？"第一次的答案是：十四行诗。第二次的答案依旧是：十四行诗。想猜猜第三次的答案吗？很好。一般来说，对大部分读者而言，知道十四行诗就足够了。这是因为，十四行诗自文艺复兴开始就很普遍，每个时期都有人写，而且，经久不衰。

当我第一次告诉学生一首诗是十四行诗时，有人问我，你怎么这么快就知道了。我告诉他们两点：第一，我在课前读过了（这一点，对于处在我这个位置上的人来说，十分有用。对他们来说，也很有用。好好想想吧）；第二，看到诗的形式之后，我动手数了数，是方形的。你看，十四行诗奇特的地方就在于，它一共有 14 行，而且，大部分诗行都是 10 个音节。每首诗 14 行，每行 10 个音节，正好构成一个方形。

嗯，不错。可是，谁又在乎呢？

从某种意义上来说，我同意你的看法。读诗就是读诗，没必要去关心形式，或者风格，没必要先数一下一共有多少行，没必要先看看每行最后一个单词是否押韵。读诗就是享受读诗的过程。

享受完读诗的过程之后，还有一个乐趣就是看看诗人是如何让你得到这样的体验的。诗歌吸引读者的方法很多，如意象的选择、语言的音乐性、思想内容、双关语等。当然，也离不开诗的形式。

你可能觉得，一首 14 行的诗歌也不过就是一首诗而已。那你就错了。实际上，一首十四行诗有两个意义单位，而且，意义在两节之间转换。这两个意义单位与诗的两个部分紧密相连，而这两个部分又与诗的形式密不可分。

十四行诗的两个部分大都为第一部分 8 行，第二部分 6 行。（彼特拉克十四行诗，第一部分 8 行，第二部分 6 行；莎士比亚十四行诗，由 4 部分组成，前三部分每组 4

句，第四部分是一个对句。即便如此，也是前 8 行构成一组，后 6 行构成一组。）总的来说，它的模式就是 8 / 6。

下面看一个例子。

克里斯蒂娜·罗塞蒂是 19 世纪后半叶的英国诗人。下面这首诗的名字叫作《来自柳林的回声》（An Echo from Willow-Wood），约创作于 1870 年。我建议你高声朗读，体味一下原诗的音韵和魅力。

Two gazed into a pool, he gazed and she,（a）
Not hand in hand, yet heart in heart, I think,（b）
Pale and reluctant on the water's brink,（b）
As on the brink of parting which must be.（a）
Each eyed the other's aspect, she and he,（a）
Each felt one hungering heart leap up and sink,（b）
Each tasted bitterness which both must drink,（b）
There on the brink of life's dividing sea.（a）
Lilies upon the surface, deep below（c）
Two wistful faces craving each for each,（d）
Resolute and reluctant without speech: —（d）
A sudden ripple made the faces flow,（c）
One moment joined, to vanish out of reach:（d）
So those hearts joined, and ah were parted so.（c）

来自柳林的回声

他和她，凝望眼前水面，（a）

手未相握心却紧紧相依，（b）

面色苍白，临池而立，（b）

站在分别的深渊边缘。（a）

水中倒影映入彼此眼帘，（a）

惜别的心潮落落起起，（b）

苦涩的海水涌入心里，（b）

分别之海要让他们离散。（a）

睡莲在池面上若现若隐，（c）

渴望的脸庞沉浸在水中，（d）

去意已定却又万般不舍，相对无言只有意乱情浓！（d）

微风吹皱池水，涟漪打乱水面倒影，（c）

两张脸时而贴近时而阻碍重重，（d）

时而一起时而分离的两颗心灵！（c）

这首小诗本身很美，也是我们讲解十四行诗的一个好例子。比如，诗里没有出现 thee 和 thou[1] 这样的古英语词汇，所以，当代读者不会因此感到困惑。不管怎么说，我喜欢克里斯蒂娜·罗塞蒂，而且，我认为，会有越来越多的读者喜欢上她的。

猛地一看，这首诗不是方形的。没错，的确不是。不过，很接近。所以，第一个问题是：这首诗一共由几个句子组成？（我说的是句子，不是诗行，诗行当然是 14 行啦。）答案是：3 个。

你知道第一个“韵律组”或“格律群”到哪儿吗？对，到第 8 行的结尾。

前 8 行构成一个完整的意思。一共两句话，每句话构成一个“四行诗”。这一点非常普遍。后 6 行构成另一个意思，但与前面的意义有关联。在前 8 行里，罗塞蒂描绘了一个静止不动的场景：两个恋人在大事来临之前的画面。每一个细节都表明，两个人马上就要分道扬镳了。“站在分别的深渊边缘”。然而，尽管他们焦虑恐慌，内心充满了“起落”和“苦涩”，但是，表面上却和水面一样波澜

1 “thee”和“thou”分别为“thou”的宾格和“you”的古英语。——译者注

不惊。彼此内心里波涛汹涌，起伏不定，然而，表面上却一点也看不出来。他们甚至没有目光接触，只是静静地注视着对方在水里的倒影。

然而，在最后 6 行里，一阵微风吹起涟漪，将原本刻意控制的静止画面打破了。使他们——或仅仅是他们的倒影——走到一起的水此时又把他们分开了。前 8 行中的可能性（恋人分别）在后 6 行中变成了现实。

我并不是说这是文学史上最伟大的十四行诗（事实上，当然不是），但是，我们可以说，从形式的角度来说，《来自柳林的回声》是一个绝佳的例子。罗塞蒂通过 14 个诗行，给我们讲述了一个充满渴望和惋惜的故事。这首诗妙就妙在，它用小小的"包装"，装载了大大的"情感"。我们一直在担心，故事可能会突破这个"包装"，实际上它从来没有。这个"包装"，或者说"容器"，就是十四行诗的形式，是整首诗歌意义的一个有机组成部分。

这就是我们说形式很重要的原因，也是老师非常重视这一点的原因，因为形式本身包含着意义。诗人选择十四行诗，而不是弥尔顿《失乐园》式的诗体[1]，绝对不是因为

1 弥尔顿的《失乐园》为无韵的英语英雄诗体。——编者注

想偷懒。与长诗相比，短诗的每一行都需要更长的时间来考虑，因为每一个细节都要做到完美无瑕。

诗人从选择诗体到布局谋篇，每一个细节都力争做到尽善尽美，我们对此应心存感激。能读懂原诗，抓住其精髓，我们自己也该庆幸一番。不管怎么说，当你拿起一首诗准备读时，首先要看一下诗的形式，或者诗体。

— 第五章 —

在哪儿见过他？

作为语文老师的好处多多，其中一点就是总是能和老朋友会面。对于初次接触作品的读者来说，每一个故事都是陌生的。每一本书看上去都毫无关联。这让人想起“幼儿连线图”的游戏。小的时候，不把每根线全部连起来，我根本就不知道画的是什么。别的孩子看着满眼的点点，说：“看出来了，大象！”而在我眼里，除了点点，还是点点！

这种识别二维图画的能力部分取决于天赋，但是更重要的还是练习。练习得越多，识别的能力就越强。文学也不例外。文学模式的识别，部分原因在于天赋，但更多的不外乎是练习。阅读量上去了，思考多了，就会发现其中的一些模式。所谓模式，就是反复出现的一些现象。

但是，有一点要记住：**世界上不存在真正意义上的原创文学。**

一旦知道了这一点，你就可以开始寻找知己老友，然后问问自己："在哪儿见过他？"

就拿尼尔·盖曼《坟场之书》（2008）中的主人公博德来说吧。早在博德还用尿布时，他就成了孤儿。一个偶然的机会，他误打误撞来到了一个闹鬼的坟场。因为很小，他根本不知道墓地、墓碑、鬼魂有什么可怕之处，所以，他也就一点都不感到害怕。在鬼魂眼里，他就是一个孩子，一个需要家庭的孩子。于是，他们就把他留下，给他一个家。坟地就这样成了他的家，而且，坟地里那个忧郁孤单的吸血鬼也成了他的保护神。他小心翼翼地呵护着他，使其免受外部世界的伤害，直到有一天他长大了，可以自己面对一切，才肯放手。

现在，把坟地、鬼魂和吸血鬼暂时忘记，姑且把博德当作一个典型：一个年幼的孤儿，独自待在一个可怕的地方。一个人类少年让一群非人类的怪物收养着，而保护他的也是非人类的神秘怪物。这样的"人物"你以前可曾见过？

如果你知道拉迪亚德·吉卜林的《丛林故事》(1894)，那么，你就见过。书中那个人类少年毛克利由狼养大，保护他的是一只黑豹。把一个需要家庭的孤儿放在丛林里，便有了《丛林故事》；把一个需要家庭的孤儿放在坟地里，便有了《坟场之书》。另外，书名本身也为我们提供了一个重要线索。尼尔·盖曼不仅有意用了吉卜林的故事，而且，他也希望读者知道这就是他的初衷。

这也就泄露了一个天大的秘密：**天下的故事都是一样的。**

是的，我说了，我也不能收回了。天下的故事都是一样的，而且，永远如此。故事时时都在发生着，处处都在发生着，我们读到的、听到的或看到的都只是其中的一个片段而已。《一千零一夜》《哈利·波特》《杰克和魔豆》《罗密欧与朱丽叶》《辛普森一家》，都是如此。

对我来说，文学就像一桶鳗鱼。当一条新的鳗鱼被作家创造出来时，它会摇摇摆摆地游进桶里。没错，这是一条新的鳗鱼，可是，它却拥有与桶里的鳗鱼和以前在桶里待过的鳗鱼一样的特性。如果这个仍然没有让你对整个故事失去兴趣的话，那说明你是一位严肃的读者。

关键在于，故事都是衍生于别的故事，诗歌也是衍生于别的诗歌。当然，诗歌也可以衍生于剧本，歌曲也可以衍生于小说。有时，这种影响是直接的，是明显的，如《坟场之书》。有时，不是那么直接和明显。也许，当代的守财奴会让读者想到斯克鲁奇[1]。一个女性人物会让我们想到斯佳丽·奥哈拉[2]、奥菲莉娅[3]或者波卡洪塔斯[4]。通过大量阅读，你会慢慢发现其中的相似之处。

“故事都是雷同。”这种说法本身并没有什么。可是，这对于读者来说又意味着什么呢?

这个问题问得好。如果看不出其中的关联，那就失去意义了，对吧?这倒也不是坏事。如果你不知道《丛林故事》，没有意识到尼尔·盖曼在创作《坟场之书》时参考了它，你照样可以欣赏这个故事。那是一个有趣的故事，故事写得很好，读者也从中得到了乐趣。此外，故事里的

1 斯克鲁奇，狄更斯《圣诞颂歌》中一个极其吝啬的人物，全名为埃比尼泽·斯克鲁奇。——编者注

2 斯佳丽·奥哈拉，《飘》的女主人公。——编者注

3 奥菲莉娅，《哈姆雷特》中，她与哈姆雷特相爱却遭抛弃，失足溺水而亡。——编者注

4 波卡洪塔斯，印第安公主，她的故事被迪士尼改编成动画《风中奇缘》。——编者注

其他细节都是“额外的收获”。

然而，如果你意识到《坟场之书》和《丛林故事》之间的关系，那么，你赚的就更多了。其中一点就是我说的“啊哈”因素。那是我们碰到熟悉的东西时的愉悦感。“啊哈”！博德就是毛克利。知道了。

那一刻的感觉尽管很快乐，但是，远远不够。一旦看出了相似点，我们就会更进一步。我们开始对两本书进行比较，开始琢磨“博德在坟场”和“毛克利在丛林”之间的意义所在；我们开始思考原野的象征意义，开始琢磨吉卜林和盖曼要给我们传递的更深远的意义：一群狼或一群鬼魂收养一个人类的幼童，并竭力保护他。这对于人类来说，意味着什么？当丛林或者坟场变成了家，当动物或怪物成了家人，这对于本该为毛克利和博德提供家园的人类或者社群来说，又意味着什么？

那么，它究竟说了什么，又意味着什么？

我不会告诉你答案。关键在于，一旦你意识到《坟场之书》和《丛林故事》之间的关联，你就会从不同的角度提出问题，并从别处寻求答案。

新书与旧书之间的对话一直在进行着，这使得故事的内涵变得更加丰富，也使得我们愿意对故事进行更加深入的解读。一旦意识到两本书在对话，就越能发现其间的相似之处，书中的文字和内容也会因此变得越来越生动。

如果没有发现这些类似的地方，那又该怎么办呢？

首先，不用担心。如果故事本身索然无味，即便是基于《哈姆雷特》创作的也无济于事。故事中的人物必须是独立存在的。吸血鬼赛拉斯首先必须是一个刻画得入木三分的人物，然后，我们才会去关心他与黑豹巴希拉之间的相似点。如果故事本身引人入胜，如果人物刻画得有血有肉，那么，即便你没有意识到故事之间的关联，也没关系。你完全可以好好地欣赏一个迷人的故事，并记住其中的人物。如果你发现了其中的关联，那么，你对小说的理解会更加透彻，其传递的含义也会更加深刻。

可是，我们没有读遍天下诗书啊！

我也没有，谁都没有！当然，年轻的读者一开始可能会觉得有些难度。这就是为什么要有老师为你指点，指出你阅读中遗漏的东西，告诉你如何去寻找细节。小时候，我常常和父亲一起去采蘑菇。在我看到蘑菇之前，父亲常常会说“这里有个‘黄松菇’”，或者“这里有两个‘黑色尖顶菇’”。因为我知道蘑菇一定在那里，所以，找的时候就非常认真。很快，我自己就能发现很多蘑菇。一旦你看见了蘑菇，就一发不可收。语文老师们的作用大同小异，他会告诉你：蘑菇已经近在咫尺。一旦掌握了诀窍，你就可以自己出发，去寻找蘑菇了。

— 第六章 —

不明白？那也许是来自莎士比亚……

当你阅读18世纪到21世纪任何一个时期的文学作品时，你会惊讶地发现，莎士比亚无处不在。是的，莎士比亚无处不在，而且形式多样。莎士比亚并非一成不变。每一个时代，每一个作家，都在重新塑造莎士比亚。

伍迪·艾伦把《仲夏夜之梦》拍成电影，名字叫作《仲夏夜绮梦》。这一点不难理解。

英国广播公司（BBC）的系列节目《旷世杰作》把《奥赛罗》变成了一个关于黑人警务处长约翰·奥赛罗、他可爱的白人妻子德西及其一直抱怨未获升迁的朋友本·杰戈之间发生的事情的故事。如果你知道莎士比亚笔下的奥赛罗受制于妒火中烧的朋友伊阿古，并在他的操纵下杀死了自己的妻子苔丝狄蒙娜，那么，如果事情的发展对约翰、德西以及本都不利的话，你就一点儿也不会感到惊讶了。

众所周知，《西区故事》（1957）这部音乐剧改编自《罗密欧与朱丽叶》（约 1591—1595），剧中，一对注定诀别的恋人因偏见和暴力各奔东西。20 世纪 90 年代，《罗密欧与朱丽叶》也被搬上了银幕，并且加入了新的年青文化，里面甚至出现了自动手枪。而此前 100 年左右，柴可夫斯基的芭蕾舞也是基于这个剧本。后来，又出现了沙伦·M·德雷珀的小说《罗密艾与胡里奥》（1999），讲的是两个坠入爱河的恋人的故事。可是，当地一个黑帮坚决反对非洲裔美国女孩和拉美男孩约会。很快，罗密艾和胡里奥的关系，乃至生命，都陷入了危机。

似乎每隔几年就有一部改编自《哈姆雷特》的电影。汤姆·斯托帕德把原剧本中的两个小人物拿了过来，使他们成为《罗森格兰兹与吉尔登斯顿之死》的主角。而在 20 世纪 60 年代的电视系列剧《梦幻岛》里，也出现了上演《哈姆雷特》音乐剧的情节。这就是艺术。

以上仅仅是对莎士比亚进行改编的几个例子。如果只有这些，那么，莎士比亚和别的名作家之间也没有多大不同。

当然，事实远非如此。

你知道读莎翁的最棒之处是什么吗？在你的一生中，会时不时地听到他，读到他的妙语佳句。例如：

- 做真实的自己。
- 世界就是个舞台，男男女女不过是演员而已。
- 名字代表什么？我们所称的玫瑰换个名字还不是一样芬芳？
- 亲爱的王子，晚安。天使飞翔高歌，愿你安息。
- 去修道院吧。
- 一匹马！一匹马！我的王国换一匹马！
- 不惮辛劳不惮烦，釜中沸沫已成澜。
- 我的拇指疼得怪，有什么恶人这边来。

对了，趁我还没忘之前，还有一句：

- 生存还是毁灭，这是一个问题。

听过其中的一些词句吧？是在本周，还是在今天？我手头有一本《巴氏常用妙语辞典》，其中，莎士比亚的话就占了 47 页。上述词句均出自莎士比亚的剧本。我想，大部分剧本你都没看过吧？不过，其中的一些词句你一定听说过吧？

所以，莎士比亚永远和我们在一起。这意味着什么？

对于读者来说，莎士比亚很了不起。对于作家来说，也是如此。现在，让我们看看为什么作家纷纷乞灵于莎翁吧。

这会让他们显得聪明？

比什么显得聪明？

比引用《飞鼠洛基冒险记》显得聪明。

你说话可要当心了，我可是飞天老鼠和波波鹿的超级粉丝。不过，我知道你想说什么。可以引用的作家很多，但是通通比不上莎士比亚，这就是事实。

因为这样可以显示出你读过莎翁的作品，对吧？可以显示你是位有学问的人。

事实并非如此。我 9 岁时就可以背诵《理查三世》里关于马的著名请求。我父亲非常喜欢这个剧本，所以，我很小的时候就常常听到“一匹马！一匹马！我的王国换一匹马！”这句话。我父亲是一名工人，只有中学文化。他倒不是想用自己的“学识”来哗众取宠，而是觉得能和别人分享他读过并深爱的动人故事是件十分开心的事情。

我们热爱莎翁的剧本，热爱里面的人物、精彩的发言和机智的反驳。我并不希望别人刺伤我，可是，要是真的给刺伤了，要是有人问我感觉如何，我希望能像《罗密欧与朱丽叶》中的茂丘西奥那样脱口而出：“它没有一口井那么深，也没有一扇门那么阔，可是这一点伤也就够要命了。”看，一个人死到临头还这么诙谐幽默，你怎么可能不爱上他？

引用莎士比亚的话并非代表你比别人聪明，但是，我认为，作家们之所以纷纷引用，是因为他们读过，听过。他们的脑袋里装满了莎翁的作品。（当然，《兔八哥》也有一席之地。）

不过，还有另一个方面你可能并不知晓。莎士比亚是其他作家可以与之碰撞出火花的一个人。应该记住的是，没有哪个作家会把莎士比亚的故事拿过来，直接放入自己的作品。他们往往是摘取故事的某个片段，使其融入自己的作品，这是因为后来的作家有着自己的想法、观念和看法。

在《罗密欧与朱丽叶》中，一对恋人双双自杀了。在《西区故事》中，托尼被谋害了，玛利亚却活了下来。在《罗密艾与胡里奥》中，两个年轻人到故事结束时都活了下来。每一种结局都阐述了人物、他们的家人及其社区的不同特点，阐述了他们（乃至读者）对生死的态度。每一种结局都要求读者认真思考一下，悲剧到底是什么。想一想，400 年前的一个剧本给后人带来了这么多灵感，演绎出来的故事一个比一个精彩，真的是很有趣的一件事情。

这就是作家喜欢莎士比亚的地方。当然，他们也可以引用别的作家，不过，这种现象并不多见。为什么？原因不说自明：精彩纷呈的故事、栩栩如生的人物、形象生动的语言。读者都了解莎士比亚。当然，你也可以从富尔克·格雷维尔的作品中取材，但这样的话，你可就要提供脚注了。

所以，对于读者来说，这意味着什么？当我们发现正在读的这部作品和莎士比亚有关联时，我们会把自己关于莎翁作品的知识引入故事。我们和作者一起赋予故事新的含义。开始阅读之前，我们就能感觉到托尼和玛利亚，或者罗密艾和胡里奥，因为彼此相爱会面临种种危险。因为莎士比亚早就告诉了我们。

看到了著作之间的联系，我们对它们的理解会更加深刻，故事的意义也会因此更加丰富。我们对新的作品有了一定的认识，甚至也许会对旧的作品有新的认识。

对于作家来说，最易引用且值得引用的那个人，是我们最熟悉的，我们甚至还没有阅读过，就已经知道他的名言与戏剧作品的——这个人，只能是莎士比亚。

— 第七章 —

不明白？也可能是来自《圣经》……

现在，把这些东西连起来：花园、毒蛇、瘟疫、洪水、水域分开、面包、鱼、40天、背叛、拒绝、奴役、逃跑、养肥的小牛、牛奶和蜂蜜。你是否读过这样一本书？

知道吗？作家、诗人、剧作家、电影编剧都读过这本书。

也许，作家不需要书中的人物、主题或者情节，他们需要的只是一个题目而已。而《圣经》里充满了各种各样的题目。詹姆斯·迪恩主演了《伊甸园之东》这部电影。（为什么是东部？因为电影据以改编的原著作者约翰·史坦贝克了解《创世记》。置身伊甸园东部，说明你离开了伊甸园，来到了尘世。而尘世是我们熟悉的唯一的一个世界，也是詹姆斯·迪恩电影中唯一的一个世界。）[1]威廉姆斯·福克纳写了《押沙龙，押沙龙！》[2]（1936）和《去吧，摩西》（1942）。（好吧，最后一部作品源自圣歌，可是，圣歌本身又源自《圣经》。）假如你要写两姐妹的故事。一个得不到家人的爱，得不到他们的认可，而另一个则人见人爱，花见花开。这时，你不妨借用《圣经》中两兄弟的故事，给自己的书起个名字，叫作《我爱过的雅各布》，凯瑟琳·帕特森1981年出版的小说用的就是这个书名。

诗歌里到处充斥着《圣经》的元素。约翰·弥尔顿诗歌的主题大都源自《圣经》，如《失乐园》（1667）、《复乐园》（1671）和《力士参孙》（1671）等。14世纪后期的匿名作品《高文爵士与绿衣骑士》和埃德蒙·斯宾塞的《仙后》（1590—1596）里的骑士都是为了自己信仰的宗教在苦苦探索。他们这样做，有时是无意识的，但大都是自觉行为。甚至杰弗里·乔叟的《坎特伯雷故事集》（1386—1400），里面的朝圣者也在复活节期间去坎特伯雷大教堂

1 《伊甸园之东》，影片名借用的是《圣经》中该隐杀死亚伯之后，迁居伊甸园之东的典故。——编者注

2 押沙龙（Absalom），古时以色列国王大卫之子，《圣经》中的人物。——编者注

朝拜。朝圣者本人及他们所讲述的故事并非多么神圣，然而，他们的言谈中却充满着《圣经》的教义。

有些严肃的《圣经》故事到了现代作家的手里变成了“滑稽剧”。在尤朵拉·韦尔蒂的作品《我为什么在邮局过活》(1941)中，叙述者深受同胞姊妹相争之扰。她的妹妹带着女儿回到家乡。叙述者很生气，正是因为她“娇生惯养的”妹妹回来了，她不得不为五个大人和一个小孩子烹两只鸡。我们能看见而她妹妹看不见的是，那两只鸡实际上是一头养肥了的小牛犊[1]。那也许不是天下最好的宴席，但的确是一场丰盛的宴席。而“浪子”回家时，是必须有宴席的，尽管这里的“浪子”是一个女儿。

所以，《圣经》出现的方式多种多样。可是，问题来了。如果读者不是……

研究《圣经》的学者？说实话，我也不是。即便如此，我有时也能看出某部作品是否取材于《圣经》。看看下面这个例子吧。

四个孩子通过一个神秘的衣柜来到一个神奇的地方。

1 来自《路加福音》15：11—32，父亲以养肥的小牛犊招待回家的“浪子”。——编者注这片土地四季如冬，由一个残忍自私的女巫统治着。人们都希望能有救星出现，希望四个孩子能设法把救星带到这片冰封的原野。

这似乎是大多数奇幻小说的场景。孩子们常常到神秘的地方去探险，那里常常会出现女巫或者别的坏蛋，等待征服。当其中一个孩子抵挡不住诱惑把其他人出卖给了女巫，当救星用自己的命换回叛徒的命，当其他两个孩子在行刑的头一天晚上一夜没有合眼和救星说着话，这时，我们是否能看到《圣经》的影子？当救星死而复活了，我们谈论的似乎不仅仅是纳尼亚吧？

你可以只把《纳尼亚传奇》（1950）当成一部引人入胜的探险小说来读。不过，你也可能会发现，C. S. 刘易斯在此把埃德蒙的背叛与《圣经》里犹大的背叛联系了起来，把阿斯兰的牺牲和耶稣的牺牲联系了起来。如果你能看出这一点，故事也就更有分量了，其意义也就更加深远了。至此，《纳尼亚传奇》就不单纯是一个童话故事了。故事就会超越时空，讲述着世界各地的人们每天经历的痛苦、忧伤、内疚、宽恕和希望。因此，这个故事永远不会过时。

C. S. 刘易斯并非是唯一一位把书中人物刻画得跟耶稣一样的作家。（但是，就我所知，他是唯一一位把人物塑造成狮子的作家。）像阿斯兰这样与耶稣“同命”的小说人物，我们称之为“基督式人物”或者“救世主形象”。如果你在阅读中希望找到类似人物的踪迹，那么，下面这个清单对你也许会有帮助。

1. 被钉在十字架上，手、脚、头部和身体两侧都有伤口
2. 痛苦挣扎
3. 自我牺牲
4. 和儿童相处愉快
5. 面包、鱼、水和酒
6. 最后一次被人看到时，33 岁
7. 是个木匠
8. 不喜欢花哨的交通工具，喜欢步行或者骑驴
9. 可以在水面行走
10. 双臂常常张开
11. 独自一人待在荒山野岭
12. 受到魔鬼的诱惑

13. 最后一次被看到时，与魔鬼在一起
14. 喜欢讲故事，喜欢讲寓言，满口都是至理名言
15. 背着自己的十字架
16. 死后入土，但是，第三天复活
17. 有信徒，一开始是 12 人，尽管不是每个人都忠心耿耿
18. 非常宽容
19. 来拯救尘世

当然，这个清单并没有涵盖《圣经》里基督所说的每一句话及其所做的每一件事。不过，这没关系。这个清单不是讲宗教信仰的，它的作用是帮助我们识别书中的某些人物。

比如，我们正在阅读一本书，一本小说。假定小说的人物里有一个男人。这个男人又老又穷，工作也很卑微。他不是木匠，是个渔民。耶稣也有同渔民打交道的经历。于是，二者之间建立了某种联系。老渔民一直都不太走运，所以，没有人相信他，只有一个小男孩例外。这样，有两点符合我们的清单：一是这位老人和儿童相处愉快，二是

他有一个“信徒”。

这位老人很善良，很纯洁，这是另一个关联的地方。他所生活的世界并不美好，甚至可以说是堕落的。

他独自一人出海捕鱼。他逮住了一条大鱼，大鱼把他拖到大海深处。在那里，大海成了荒原。他独自一人，忍受着各种各样的痛苦，双手让鱼线勒破了，他感到肋骨可能断了。但是，他用一些至理名言鼓励着自己，比如：“人是不能随随便便服输的。人可以被摧毁，但不能被打败。”

老人与大鱼的搏斗持续了三天。岸上的人们都认为他死了。他逮住的那条大鱼，肉都让鲨鱼给吃了，但他还是把鱼骨架拖了回来。回到港口后，他似乎重获新生。他必须从水里走到一座小山坡上，才能回到自己的棚屋里。他肩上扛着船的桅杆，这让他看上去就像背着十字架一样。他筋疲力尽，躺在床上。他的双臂在身体两旁张开着，他的双手受伤了，擦破了。

第二天早上，当人们看到大鱼的骨架时，就连平时怀疑他的人都开始相信他了。他给世界带来了一线希望。

好了。现在，嗯，还有什么问题吗？

海明威不是写了一个这样的故事吗？

没错。《老人与海》(1952)。不难看出，在他眼里，圣地亚哥老人就是一个“基督式人物”。

然而，事实上，不是所有故事都这么简单易懂。不是每一个“基督式人物”都拥有清单里的 19 个特征。(圣地亚哥也没有。)人物不必非得是男性,不必非要是人类(如阿斯兰)，不必非要是基督徒，也不必非得是好人。但是，如果一个人物到了一定的年龄，做了某些事情(如分发酒和面包，为儿童祈福，你知道我所指的是什么)，经历了很多磨难(看，老人手、脚、肋骨等处都受伤了)，为他人牺牲自己(这一点最重要)，那么，你就应该注意了。

为什么要塑造“基督式人物”? 简单地说，就是作者想借此立意。如果人物的牺牲与基督那最伟大的牺牲非常类似，那么，它对我们的意义会更大。也许，这与拯救某人或者拯救人类有关。也许，这意味着希望，或者是奇迹。无论如何，作家有自己的用意。意识到他把一个人物刻画成“基督式人物”是深入理解故事的一个起点。

— 第八章 —

奇幻森林历险记

到目前为止，我反复给大家灌输的一个观点，就是所有的文学作品都是脱胎于其他的文学作品。这包括长篇小说、短篇小说、剧本、诗词、歌词、歌剧、电影、电视、商业广告，当然，还包括我们见都没见过的诸多电子媒体。现在，我们不妨当一把作家。你要从别的地方借来一些素材，充实自己的故事，使之有血有肉，骨骼丰满。那么，你想借鉴谁的作品呢？

事实上，《捉鬼敢死队》是个不错的选择。至少，到目前为止，是这样的。可是，100 年后的人们还会知道这部电影吗？也许不会。

要不，来个传统一点的？荷马？看到这个名字，50%

的人会马上想到那个口里总是“该死”的荷马·辛普森[1]，而不是写下史诗《伊利亚特》的荷马。要不，莎士比亚？400年来，莎士比亚一直是作家取之不尽、用之不竭的素材库。不过，引用莎士比亚会让人觉得你高高在上，盛气凌人，或者用力过猛。此外，所有好的语句都让人引用无数遍了。

詹姆斯·乔伊斯？太复杂。T. S. 艾略特？恐怕引用得也是够多了。

当作家不易。到哪儿去找所有读者都熟悉的素材呢？《爱丽丝漫游奇境》？《金银岛》？纳尼亚系列作品？《戴帽子的猫》？《晚安，月亮》？也许不是每一个人都知道夏洛克（莎士比亚《威尼斯商人》里面的人物），但是，每个人都知道苏斯博士《绿鸡蛋和火腿》里面的主人公“山姆是我”，还知道童话故事里的“白雪公主”和“睡美人”。

所以，如果你是作家，你想借用一个童话故事，你会怎么办？

你可能会把故事从头到尾讲述一遍。不同的是，你可

* 动画《辛普森一家》中的主人公。——译者注

能会讲得更加细致，更加深入。于是，你把童话故事变成了小说。1978 年，萝宾·麦金莉就是这样把《美女与野兽》变成了小说《美女》。也许，你会换个视角，从女巫的角度重新演绎《奇幻森林历险记》。（女巫在那两个小家伙啃噬窗框之前一直住在姜饼小屋里，过着平静的日子。）也许，你会从仙女摩根的角度重新诠释亚瑟王的传奇故事。齐默·布拉德利的《阿瓦隆的迷雾》（1982）采用的就是这种方法。也许，你会更改时间和场景。弗朗西丝·霍奇森·伯内特把《灰姑娘》带到了维多利亚时代的伦敦，为我们上演了一出《小公主》（1905）。

作为作家，你可以精挑细选。你可以决定保留什么，去掉什么。弗朗西丝·霍奇森·伯内特就是这么做的。她保留了乖巧可爱的小姑娘（莎拉没觉得自己漂亮，可是别人都觉得她漂亮），小姑娘的妈妈早就不在人世了。她保留了苛刻刁钻的继母——差不多吧，莎拉的父亲的确没有再娶，可是，他把女儿送到了寄宿学校，那里的校长明钦小姐和格林兄弟笔下的继母一样可恶。莎拉的父亲死后，莎拉变得身无分文。这时，明钦小姐就把她变成了佣人，让她在厨房里干活，在风雪交加的天气里派她出去跑腿，晚上则让她睡在寒气逼人、满是老鼠的阁楼里。伯内特还保留了继姐妹，不过，也进行了改编。莎拉在学校里的两个密友一点也不坏，可是，她们也帮不了莎拉什么忙。每次帮忙的结果，都是招致明钦小姐把怒气撒在她们俩身上。与莎拉相比，她们俩也算得上是“娇生惯养”了。她们有吃的，有穿的，而且，还受过良好的教育。而对莎拉来说，这一切纯属于奢望。

伯内特的《小公主》不需要舞会，不需要水晶鞋，也不需要白马王子。但是，她保留了仙女教母，当然，也对其进行了改编：一位好心的邻居可怜莎拉，用神秘的，好像变魔术一样的方式给她送来东西——新衣服、暖融融的毯子、好吃的，还有书籍，等等。最后，这位好心的邻居成为了莎拉的监护人，或者说是教父和父亲的集合体，以弥补莎拉曾经失去过的。像所有童话故事里的幸福结局一样，莎拉和他在一起过上了富足的生活。

伯内特借用了《灰姑娘》里的一些片段来创作自己的小说。你，作为一个作家，不一定非得这样。也许，你只需要一双水晶鞋，鞋子甚至根本不需要是水晶的，一双耐克运动跑鞋足矣。也许，你只需要一条“面包屑小路”，或者，一位被吻醒的梦中人。你可以借用很小的一个细节，把整个故事完整地呈现给你的读者。

为什么？一方面是因为，像莎士比亚和《圣经》一样，童话故事、传奇故事乃至其他的各类故事都属于“大故事”这一类别；另一方面是因为，当我们都已经长大了，可以自己独立地读书、看电视了，我们就一直靠故事活着。

作为读者，我们希望故事里能有新奇的东西，但同时也希望能看到自己熟悉的东西。我们希望阅读一本全新的小说。与此同时，我们也希望它和我们以前读过的故事有类似的地方，以便更好地理解它的含义。如果一本书能兼顾这两个方面，即新颖性和熟悉度，那么，就会营造出一种和谐的气氛，也就是“旧瓶装新酒”。有了和谐，故事才会有深度。和谐或源自《圣经》，或莎士比亚，或不太著名但人们耳熟能详的民间故事。

所以，下一次去书店，买回一本小说，千万别忘了格林兄弟啊。

— 第九章 —

希腊罗马神话

在前面的三章里，我们谈论了三种神话：莎士比亚、《圣经》和童话传奇故事。《圣经》(或者说宗教)与神话之间的联系有时会给人们带来困扰。如果你认为“神话”意味着“假的”，那么，如果有人把宗教的任何一部分称作神话，你都会感到不快。然而，这并非是本书里“神话”的真正含义。

在本书里，“神话”指的是这样一种东西，它有助于人们了解物理、哲学、数学或者化学无法解释的东西。这种解释是以故事的形式出现的。这些故事构成了群体记忆的一部分，广为人知，形成了我们的文化，塑造了我们的生活方式。而我们的生活又反过来对这些故事进行重新塑造，重新改编。因此，这些故事成为人们观察世界、观察自我的一种方式。

这么说吧，神话就是一些非常重要的故事。

每个群体都有自己非常重要的故事。当然，在欧洲文化和欧美文化里，说到神话，有一个大家都认可的源头——希腊罗马神话。因此，提起神话，大部分人想到的都是它。

怎么，你不相信？在我居住的城镇里，大学球队的名字叫作“斯巴达人”，中学球队的名字叫作“特洛伊人”。州的球队则分别叫作“特洛伊”“伊萨卡”“斯巴达”“罗穆卢斯”“雷穆斯”和“罗马”等。如果密歇根州中部的一个城镇可以叫作“伊萨卡”，只能说明神话的魅力经久不衰。

雷克·莱尔顿显然也是这么想的，所以，他让希腊神话中一位神的儿子成为自己作品的主人公。翻开《闪电窃贼》（2005），你不仅会看到珀西的父亲波塞冬，也会看到宙斯、雅典娜、哈得斯以及奥林匹斯山上的众神。[1] J. K. 罗琳的《哈利·波特与魔法石》（1998）里面也不乏

1 波塞冬，希腊神话中的海神；宙斯，主神；雅典娜，智慧女神；哈迪斯，冥王。——译者注

希腊神话的痕迹。暗藏魔法石的密室门口的守卫是谁？对了，是一条长着三个脑袋的狗。你在别的地方见过这样的狗吗？如果你读过希腊神话，你可能会想起来，把守冥府之门的就是一只长着三个脑袋的狗，它的名字叫作刻耳柏洛斯。只有一人驯服了刻耳柏洛斯，走进了冥府，他就是当时最伟大的音乐家俄耳甫斯。他用里拉（一种竖琴）使刻耳柏洛斯安静下来，进入冥府，要把妻子欧律狄克拯救出来。至少，他是这样计划的。然而，事情并没有按原计划进行。但是，无论如何，当哈利和他的朋友面对三头犬路威时，我们能看到这个故事的影子。

其他神话故事也留在人们的脑海里，如伊卡洛斯。伊卡洛斯长期以来一直受到人们的关注，对此，我其实有点吃惊。毕竟他的父亲代达罗斯才是制作蜡翼的人。在神话中，他们父子二人被囚禁在一个巨大的迷宫里。具有讽刺意味的是，迷宫是代达罗斯亲手修建的。他们知道，通过陆地或者海洋根本无法脱身。于是，代达罗斯就用芦苇和蜡为自己和儿子每人制作了一对翅膀。代达罗斯安全飞回了大陆。可是，他的儿子伊卡洛斯太激动了，他太喜欢飞翔的感觉，竟然忘了父亲的忠告。他越飞越高，越飞越高，最终，太阳烤化了封蜡，他一头栽进大海，淹死了。

时至今日，伊卡洛斯的坠落始终让我们深深着迷。我们可以从中看到许多东西：有父母试图拯救孩子的场景，有失败带来的忧伤，有和问题本身一样可怕甚至更糟的解决方案，有导致自我毁灭的激情和热情，有成年人的冷静智慧和年轻人的鲁莽狂躁之间的冲突，有坠海身亡的恐惧。这个故事已经深深地根植于我们的脑海之中，因此，每当书中有人飞起或坠落，我们都会情不自禁地想到这个画面。

1558 年，彼得·勃鲁盖尔画了一张著名的油画：《有伊卡洛斯坠落的风景》。油画的前景是农夫和牛，他的旁边是牧羊人和羊群。海上，商船静静地行驶着。这是日常生活中天天都可以见到的情景。一切都很平静，很平常。然而，在油画的右下角，我们可以看到即将沉入水底的两条腿。

那就是伊卡洛斯。

尽管画面不大，效果却非同一般。如果没有那两条腿，没有随之带来的伤感、惋惜和无助的情绪，那么，这幅画，不过是一幅不足为道的耕作航海画罢了。

这幅画衍生出两首著名的诗歌。一首是 W. H. 奥登的名诗《美术馆》(1940)，另一首是威廉姆·卡洛斯·威廉姆斯的《有伊卡洛斯坠落的风景》(1960)。两首诗都写得很好，然而，无论是语气、风格，还是形式，都各不相同。不过，两首诗都谈到了一点，那就是，尽管我们每个人都有着各式各样的悲惨故事，生活照样会继续。

威廉姆斯的诗谈论的是画面里的视觉元素。诗人在捕捉画面感的同时，把自己的思想悄悄嵌入其中。就连诗的形式——又瘦又长——也让读者联想到人体从空中坠落的情景。

勃鲁盖尔说
伊卡洛斯坠落时
正是春季

农夫在
犁地
万物复苏

美景

如画

在

孤芳自赏的

大海

边缘

农夫挥汗

烈日

将蜡翼融化

海岸附近

隐约

传来

溅水声

无人知晓

伊卡洛斯溺水而亡

奥登的诗则是在思考：苦难是什么？为什么外界对个人的悲惨遭遇视而不见？

说到苦难，古代的大师们
从未走眼：他们深知苦难
在世人心中的地位；深知苦难就在别人
吃饭、开窗、散步时，会从天降临……

一幅画能激发出这样两首截然不同的诗歌，着实令人感到又惊又喜。但无论如何，这一切的源头都是神话：男孩、蜡翼、始料未及的坠落。

当然，除了伊卡洛斯以外，希腊罗马神话里还有很多别的故事：有无法摆脱宿命的绝望的家庭（俄狄浦斯，还有谁吗？），有勇敢的寻宝者（伊阿宋、阿尔戈英雄），有因悲伤而变得残暴疯狂的委屈女性（你是喜欢埃涅阿斯和狄多，还是喜欢伊阿宋和美狄亚？），也有很多英雄故事，这些英雄大都是神的子女，然而他们的行为却和常人无异。

就拿《伊利亚特》来说吧。很多人都认为，《伊利亚特》是写希腊人和特洛伊人之间的那场“特洛伊战争”的。实际上并非如此，它写的是阿基里斯的愤怒。换句话说，就是阿基里斯是如何被激怒的，以及之后发生了什么。

阿基里斯对他的统帅阿伽门农颇为不满，决定对战争坐视不管。他拒绝参战，直到他的好友被特洛伊人杀害之后，他把所有的愤怒都迁移到特洛伊人的大英雄赫克托耳身上。最终，阿基里斯杀死了赫克托耳，战争以希腊人的胜利而告终。

你也许要问我，阿基里斯为何如此愤怒？因为阿伽门农夺走了他的战利品，而这个战利品则是阿基里斯从特洛伊人那里偷来的。不是什么大事，对吧？事实上，很糟糕，那个战利品是一个女人。阿伽门农夺走的是阿基里斯掳来的女奴。

这很高尚吗？当然不是。然而，不管怎么说，整个故事代表了英雄主义、赤诚之心、牺牲精神，等等。

后来，在《奥德赛》一书里，荷马又给我们刻画了另一位英雄奥德修斯。这本书描述了特洛伊战争结束后他从战场上归来的曲折经历。这个经历非同寻常。他走了整整10年，而在这整整10年里，他的妻子珀涅罗珀一直都在默默等待他的归来。

别的作家不会让书中人物在自己掳来的女人被人夺走之后生闷气，不会让他们在战场上血战，也不会让女人为了自己的丈夫一等就是十几年。然而，他们书中的人物会因同样的需求、同样的欲望以同样的形式去战斗。他们会为保护家人而战，如赫克托耳；他们会为了找回尊严而战，如阿基里斯；他们会为了回家而战，如奥德修斯。当然，他们也会为忠诚和希望而战，如珀涅罗珀。

荷马在两部史诗中对传奇英雄进行了非常人性化的描述，让我们看到了人类四种不同的奋斗方式。难怪那么多作家常常模仿、借鉴荷马和其他希腊罗马神话故事。

作家也好，读者也罢，对这些神话故事都十分熟悉。因此，当作家借用时，读者一眼就认出来了。有时，我们能完全理解作家的用意，有时，只是从中得到某种暗示而已。无论怎样，这种“既视感”会使我们对于文学作品的体验更加丰富，深刻，有意义。如此一来，当代作品也变得十分重要，因为它们也从神话中汲取了营养。

— 第十章 —

也关风雨也关情

“那是一个黑暗的暴风雨之夜。”

什么？你听说过这句话？没错，是《史努比》里的话！查尔斯·舒尔茨之所以让史努比写下这句话，是因为它简直是老生常谈。这句话可有年头了，可以追溯到你最喜欢的比格犬打算当作家的时候。维多利亚时代知名作家爱德华·布尔沃·李顿在一部（写得不怎么样的）小说的开头这样写道：“那是一个黑暗的暴风雨之夜。”现在，有关“黑暗的暴风雨之夜”的说法，该知道的你都知道了。不过，有一点例外。

为什么这么写？

你也纳闷，是吧？为什么作家希望风一个劲儿地刮，雨一个劲儿地下？

你可能会说，每一个故事都需要场景，而天气又恰恰是场景的一部分。言之有理，但不全面。其实，这背后还有很多理由。我是这么想的：天气并非仅仅是天气，**下雨也并非仅仅是下雨。**此外，下雪、阳光、温暖、寒冷、雨夹雪等，也是如此。

先来说说下雨吧。

雨可以用来设计情节。下雨了，人物或寻找避雨的地方，或滞留在某个地方，或迷路了，或陷入困境，等待雨停。这一点，作家们都运用得得心应手。雨也可以用来渲染气氛。下雨天比其他时候更加神秘、阴郁、孤独。（当然，雾也有这方面的功能。）另外一个因素是苦难。雨能让你比外面见到的任何东西都显得更加狼狈。下雨了，再刮点风，你可能会因体温过低在独立日死去。雨还包含着民主的气息。下雨了，谁也跑不了。无论贫富好坏，无论男女老少，无论权贵草民，统统一样，都要变成落汤鸡。

雨还有什么功能？首先，雨很干净。所以，如果你想让人物净化一下心灵，那就让他在雨中行走吧。等他到达目的地后，就会洗心革面，焕然一新了。（当然，他也可能会感冒，不过，那是另外一回事了。）他可能不再那么生气了，不再那么困惑了，心里头更多的可能是内疚了。反正，你想让他怎样就怎样。

雨也可以带来新的生命和新的希望，这在一定程度上是因为我们把雨和春天联系在一起了。（四月雨来，五月花开。）同时，再想一想诺亚的故事。下不完的雨、大洪水、方舟、肘尺[1]、鸽子、橄榄枝、彩虹等。大洪水就像是一块大的橡皮，它抹去了地球上的生命，同时，也孕育着新的生机。雨可以把生命重新带回到人间。

因此，作家可以把雨的功能发挥到极致。其他类型的天气也不例外。雾就是一个很好的选择，它常常意味着某种混乱与困惑。雾出现了，人物就很难看得清楚。查尔斯·狄更斯在《圣诞颂歌》一开始，就让伦敦街头雾气腾腾。这个场景，对于迷失了方向、需要幽灵帮忙的埃比尼泽·斯克鲁奇来说，再合适不过了。

雪呢？下雪和下雨一样意味丰富。雪，洁净，平凡，温暖（雪像毯子一样盖着你）；既充满诱惑，又令人恐惧；既能让人轻松，又能让人窒息。雪的功能也是无限的。

1 肘尺，cubit，以色列古代度量单位。——编者注然而，作家笔下的雨、雪、飓风、洪水、雪暴，不是无缘无故地就出现了。就像我前面所说的，下雨不仅仅是下雨。

而春天、秋天，或冬天的出现，也并非没有理由。

下面是我最喜欢的一首诗歌的片段：

在我身上你或许会看见秋天，
当黄叶，或尽脱，或只三三两两
挂在瑟缩的枯枝上索索抖颤——
荒废的歌坛，那里百鸟曾合唱。[1]

（哦，不好意思，需要“翻译”一下？好吧：看着我，你就从我身上看到了一个季节。在这个季节里，枯枝上也许只有几片黄叶，在冷风中瑟瑟发抖。也许，树枝是光秃秃的，就像空无一人的歌坛。刚刚还有鸟儿歌唱，这会儿突然变得寂静无声。当然，还是原诗有味道。）

这是《莎士比亚十四行诗》中的第 73 首。我之所以喜欢它，有很多原因，但最重要的还是诗的含义。诗中人

1　本诗采用梁宗岱先生译本。——译者注

物明显感觉自己老了，他也成功地让读者产生了同样的感觉。他在谈论衰老，他在谈论一个季节：秋天。寒入骨髓的 11 月份。光是想一想，我的关节就疼痛难忍。

现在让我们来具体谈一下吧。事实上，这个比喻并非是莎士比亚首先使用的。“秋天”代表“即将步入暮年”，这一点古已有之。莎士比亚的独到之处，是用新的方式来诠释这一古老的比喻，使之变得非常具体（黄叶、枯枝在风中抖动，鸟儿不见了踪影），让我们从中看到了两样东西：一是诗中描写的事物，秋末，冬至；二是它要传递的意思，暮年将至。

对于任何一位作家来说，四季的含义都是一样的。读者脑海里已经形成了定势思维：春天与童年、青春有关；夏天代表成年、浪漫、激情和满足；秋天代表机体衰竭、虚弱、中年、倦怠（秋天也代表丰收，让我们想起五谷丰登、储备冬粮的情景）；冬天代表老年、幽怨和死亡。

作家都知道四季在读者脑海里能唤起怎样的联想，于是，便善加利用。当莎士比亚问自己的爱人“是否可以把你比作夏日”时，我们马上就看得出来，这是一种褒义的说法。被比作“夏日”肯定比比作 1 月 11 日美好。“白女巫”没有让纳尼亚王国四季如春吧？这个想法很有意思。她让纳尼亚王国四季如冬，然而，却永远没有圣诞节，这是因为她很邪恶，她憎恨新生，憎恨生长，憎恨幸福，憎恨宽容。而能给我们带来这些的是阿斯兰。当然，阿斯兰带来的还有春天。

再以亨利·詹姆斯为例。他要写一个故事。故事里，美国（年轻、热情）与欧洲（古板、沉闷、束缚多多）发生碰撞。于是，他构思出一个女孩。女孩是美国人，年轻，清新，直接，坦率，幼稚，而且，还有点轻佻。接着，他又构思出一个男人。男人也是美国人，不过，在欧洲生活了多年。男人一把年纪，无聊，世故，对外人关闭了感情。女孩十分阳光，浑身上下洋溢着春的气息；男人则十分呆板，冷若冰霜。他们的名字？女孩叫黛西·米勒，男人叫弗雷德里克·温特伯恩。起得真好！一看名字，你就会发现，结局好不到哪儿去，因为雏菊在冬天无法生存[1]。故事的结局也的确如此。

每个作家都在利用季节这个素材，但是，每个作家笔

1 黛西，原文“Daisy”，在英语中是雏菊之意。温特伯恩，原文“Winterbourne”，在英语中指冬天大雨后才能流动的间歇性河流。——译者注

下的季节又各有不同。读者会发现，事情远非想象的那么简单。也就是说，我们不能武断地认为，“夏天”一定等于“甲”，“秋天”一定等于“乙”。作家都知道，尽管有固定的套路，但是实际中可以灵活运用。有时，作家直接按套路来，所以，冬天就是读者脑海里的冬天，代表阴冷和死亡。有时，作家反其道而行之，于是，夏天不再是温暖、丰盛、喜悦，而是闷热、痛苦、尘土飞扬。不管怎么说，无论作家如何运用，套路还在，而且经久不衰。

所以，当你打开一本书时，还是先看看书中的天气和日期吧。下雨或者下雪，冬天或者夏天，人物在发抖或者出汗——每一种现象后面一定都蕴藏着某种特殊含义。

— 第十一章 —

那是一个象征吗？

当然是。

这是班里最常见的一个问题，而“当然是”也是我最常给他们的答案。那是一个象征吗？当然了。

真正棘手的是接下来的问题：它代表什么？象征着什么？我通常会机智地回答：嗯，你说呢？很多学生觉得我是在开玩笑，也有的觉得我不负责任。事实上，两种想法都错了。严格地说，你认为它象征着什么，这就是它的象征意义。至少，对你来说如此。

好吧，现在谈谈象征的问题。人们都认为，象征代表某种含义，不是普通的含义，而是特殊的含义。而且，只代表一种含义，不多不少。事实上，并非如此。

当然，有一些象征是那样的，比如，“举白旗”代表“我投降，别开枪”。因此，某些象征的确只代表一种含义，但大部分不是。大部分象征都有多层含义。

就拿河流来说吧。

在《哈克贝利·费恩历险记》(1885)中，马克·吐温让哈克和逃出来的奴隶吉姆乘木筏顺密西西比河而下。河流在书中似乎代表着一切。在故事的开头，河水泛滥，淹死了人和牲畜。所以，河流在此是毁灭和危险的象征吗？然而，吉姆却利用它摆脱了奴役。所以，这条自由流淌，有时甚至泛滥的河，是自由的象征吗？可是，河流却把吉姆和哈克带往南方，进入蓄奴区。所以，河流此时又代表着奴役、压迫或者无法逃避的命运吗？

河流既代表危险，又代表安全。它既带着哈克和吉姆逃离追踪的人，又威胁着他们的生命。它还给白人男孩哈克提供了一个场所，让他认识了黑人吉姆，不是把他当成奴隶，而是把他当成和自己一样的人来看待。当然，河流也是一条路，而整个航行就是一次探险（还记得吗？所有旅程都是探险！），让哈克渐渐长大，为自己、为生活做出重要的选择。

关于这条河流，我们唯一可以肯定的是它的确代表着什么。不过，读者不同，象征意义也会不同。我们倾向于认为作品应归功于作者，但阅读同时也是一件需要想象力的事情。读者的创造力和作家的创造力同等重要，在二者交汇之际，我们弄清了作者的原意，或者说，悟出了其中的深意。

因此，有多少个读者，就有多少个《哈克贝利·费恩历险记》。这是因为，每个读者都是不一样的。每个读者都会把自己以往的经验带到故事里：读过的故事、自己的想法、自己关心的人和事、自己的身份等。所以，河流究竟意味着什么，需要每个读者自己去决定，而且，每个人的看法都有道理。

所以，河流究竟意味着什么，你的意见呢？

— 第十二章 —

一切都是政治

如今，我们都把《圣诞颂歌》看成是一个优美的，有关坏人变好的圣诞故事。然而，1843 年，当查尔斯·狄更斯创作这部小说的时候，他是在抨击一种当时非常流行的政治观念，就是，给穷人食物，或者想方设法生产更多的食物不让人挨饿，这种做法是错误的。因为，这种帮助会鼓励穷人生更多的孩子，而这些孩子长大以后同样会一贫如洗。帮助穷人的结果，是社会上会出现更多的穷人。

斯克鲁奇就是这么说的。他不想和身边饥寒交迫的人发生任何关系。如果他们愿意饿死，而不去济贫院，或者是负债人监狱（仅有的他们可以获得食物的地方），那么，谢天谢地，“就让他们饿死吧。他们饿死了，多余的人口也就减下来了”。

看懂了吧？“多余的人口也就减下来了”，他的意思是，这些人该死（而且越快越好！）。这样，世界上就不会有那么多穷人了。这究竟是怎样的一个人？！

如果斯克鲁奇这个下流的老家伙只是一个自私自利的人，如果他是英国唯一一个需要记住穷人也是人的人，那么，这个故事的意义也就不大了。狄更斯把他挑选出来，并非因为他是独一无二的，而是因为他是当时很多人的突出代表。我们每个人乃至整个社会都或多或少有着他的影子。

毫无疑问，这个故事意在改变我们。通过改变我们自己，来改变这个世界。狄更斯是一位社会批评家，也就是说，他通过自己的作品指出他所生活的社会里一些他认为不好的东西。当然，他的处理手法很巧妙。他总是如此幽默，以至于我们几乎留意不到他是在利用《圣诞颂歌》告诉我们，对穷人的看法哪个是错的哪个是对的。但这才是他的真正用意。

几乎所有的作品都与政治有关，只是程度不同而已。与政治有关并不意味着必须与选举、政党有关，也不意味着你必须投票。（事实上，真要那么写，作品一定流于说教、肤浅、无趣。）所谓与政治有关，指的是，作品探讨的是人类的问题，也就是人们在社团中如何互动、个人权利以及掌权者渎职方面的问题。

也许，你觉得埃德加·爱伦·坡的小说与政治无关，他的故事目的似乎只有一个，就是让读者有惊悚的感觉。没错，他成功了。不过，有些故事与社会中的某个阶层有关，一个我们通常只在书中读到过的阶层：贵族，即公爵和公爵夫人、伯爵和伯爵夫人、王子和公主等。

在《红死魔的假面舞会》（1842）中，有一种特别可怕的瘟疫，它夺去了很多人的生命。在瘟疫最猖獗的时候，王子举办了一场舞会。所有朋友都到了，王子把所有的门都锁上了，把所有病人都关在墙外。然而，瘟疫还是神不知鬼不觉地进入了房间。第二天早上，所有这些锦衣玉食的富人都一命呜呼了。

在《厄舍府的倒塌》（1839）中，罗德里克·厄舍和他的妹妹玛德琳是一个古老的贵族家庭中最后的幸存者。他们住在一个日益破败的房子里，自身状况也堪忧。玛德琳得了消耗病，罗德里克的外貌和举止看上去都比实际年龄大了不少。此外，他的精神似乎也出了点问题。当这对兄妹相拥死去时，故事的叙述者在古老的房屋坍塌到黑湖里之前，侥幸逃了出来。

坡心里对那些家道殷实、拥有花哨头衔、有着显赫家族史的人“有话要说”。（注意，坡不是他们的拥趸。）读者朋友们，这就是政治。

再来一个例子？《里普·万·温克尔》如何？这个故事你能记住多少？

好吧。里普·万·温克尔是一个懒汉，从来不爱干活。有一天，他出去打猎。实际上，他是想逃离他那唠唠叨叨的老婆。他遇到几个怪人在玩九柱地滚球，那是一种类似保龄球的游戏。他和他们一起饮酒，酒后睡着了。醒来时，发现狗不见了，猎枪生锈了，而且已经散了架。他的头发全白了，胡子足足有一英里长，关节僵硬，动不了了。当他最终回到镇上时，发现他一睡睡了20年，他的老婆早已不在人世了。一切都变了，包括旅馆的招牌。这就是整个故事的梗概。

整个故事就是这样。我们要思考两个问题。

1. 里普的老婆不在了，这里面有什么含义吗？

2. 这与旅馆更换了招牌又有什么联系？

在里普沉睡的这20年里，美国独立战争爆发了。旅馆原来的招牌——英国国王乔治的画像变成了乔治·华盛顿的画像，旗杆上飘扬着美国国旗。里普的老婆死了。对别人来说，她是里普·万·温克尔夫人。可是，对里普来说，她是恶霸，是暴君，是欺凌他的人。现在，她走了。里普觉得自己自由了，他因此感到非常高兴。

所以，一切都变好了？

当然不是。自由也有自由的问题。眼前是一派萧条的景象。旅馆窗户破了，整个城镇破败不堪，镇子上的人灰头土脸，远没有战前风光。但是，他们的背后却有着一股巨大的力量。他们知道，他们现在是生活的主人，任何人，不管是谁，都再也不能对他们吆五喝六差来差去了。他们可以各抒己见，可以随心所欲。换句话说，这些衣衫褴褛的人们正要重新定义，作为美国人意味着什么，而自由又意味着什么。

所以，是不是每一本书都和政治有关？

也不能扯那么远。不过我认为，大部分书籍都会写到当时当地的情况，而它们表达的手法都可以被视作是与政治相关的。这么说吧。作家都是关心周围世界的人，而世界里所发生的大事小事，大都与政治有关。谁说了算？他们是如何掌权，又是如何利用手中的权力的？谁有钱？怎么挣来的？又是如何利用的？正义和权利的问题，男人和女人之间的问题以及男女如何相处的问题，种族和民族问题，即他们如何看待彼此、如何打交道的问题。这些问题最终都会以某种形式出现在书里。

有时，这很明显。有时，作家故意把信息隐藏起来，使之看上去与政治无关。但事实上，它们都是政治。

总是如此，或大都如此。

— 第十三章 —

地理环境至关重要

咱们去度假吧。

你说，好的。接着问题就来了：谁出钱？几月份？能从学校请下假吗？

不，这些都不是问题。

去哪儿？

这才是问题。去山上，还是去海滩？去城里，还是去营地？去划独木舟，还是去航海？你知道，这个问题必须要问，否则的话，我可能带你去离土路 27 英里之外的小溪上钓鱼，而你心里想的却是去海滩游玩。

这个问题，作家也要问自己。所以，作为读者，我们也要想一想。从某种意义上讲，每一个故事或者每一首诗都是一次度假。而每一次，作家都要问："去哪儿？"

小说里的地形或高或低，或深或浅，或平或陡，这是为什么？为什么有的人物死在山顶，有的则死在热带草原？为什么这首诗的背景是牧场？地理因素在文学作品中的作用是什么？

每项因素都这么重要吗？

其实，也不是每一本书都是如此。不过，大部分是，而且比你想象的要多得多。

任何一个男孩、任何一个男人都可以在任何一条河上漂流。然而，只有当哈克·费恩与吉姆在一条特定的河，即密西西比河上漂流，穿过特定的风景与城镇，在某个特定的历史时刻与背景之下时，才能造就我们所知道的《哈克贝利·费恩历险记》的故事。他们是逃往南方，而不是北方，这很重要，因为吉姆逃跑的方向是错误的。重要的是，他们来到了开罗镇，而俄亥俄河又在此流入密西西比河。如果吉姆在开罗镇下了木筏，他就会成为一名自由的人。然而，当木筏在雾中错过了开罗镇，他只能顺流而下，进入蓄奴区的中心地带。

地理环境，对于劳拉·英格尔斯·怀尔德来说，也非常重要。这可是她自己告诉我们的。看看她的书名(1932—1939)就知道了：《草原小屋》《大森林里的小木屋》《梅溪岸上》和《银湖岸旁》。她每次都描写一个生活在特殊地方的特殊家庭，而那个地方往往是边疆，也就是怀尔德脑海里文明的边缘。如果英格尔斯一家不是住在边疆，怀尔德也许不会写出他们的冒险经历。特殊的地方催生了特殊的故事。

这就是地理环境的影响？

当然。还能有什么？

不知道。难道是历史？

那么，地理环境究竟是什么？

说到地理环境，我通常想到的是山丘、小溪、沙漠、海滩。诸如此类，会在地图上出现的东西。

没错。山丘之类的。河流、山丘、沟谷、冰川、沼泽、山脉、草原、大海、岛屿，当然，还有人。书中的地理环境往往指的是人们居住的某个地方。一方水土养一方人嘛。谁说的？作家说的。

文学中的地理环境告诉读者很多东西。主题？当然。象征？没问题。情节？毫无疑问。

在埃德加·爱伦·坡的小说《厄舍府的倒塌》里，叙述者一开始就给我们描述了凄凉的地理环境。那是“一片异常阴郁的土地”“枯朽的老树，灰白的树干”“黑黑的湖水，波澜不惊，煞是可怕”。读到这里，我们已经为接下来那有着“荒凉的墙壁”“像眼睛一样空洞洞的窗户”“裂缝歪歪扭扭地向下延伸着”的房子出现做好了准备”。看，故事还没开始，上述描写已经让我们感到紧张心慌。这就是地理环境的一大作用。

地理环境还有助于我们观察人物的内心活动，尤其是当它不断变化的时候。哈利·波特在$9\frac{3}{4}$月台登上霍格沃茨特快列车时，就是如此。当火车离开伦敦时，窗外有田野，有羊群。接着，出现了“小树林、弯曲的河流、墨绿的山脉”。再往后，是高山和森林。这让你想到了什么？哈利和他的叔叔婶子居住的城市或者郊区是麻瓜的地盘，无聊、乏味，尤其与魔法无关。到达霍格沃茨意味着进入荒野，那里一切都是野生的，自由的，兴奋里夹杂着危险，当然，还充满了魔力。在哈利弄清楚未来将发生什么之前，地理环境早就把一切告诉了读者。

再看看《秘密花园》（1911）里的玛丽·伦诺克斯吧。

故事一开始发生在印度。玛丽不喜欢印度。那里很热，太热了，她多次感到头晕恶心，身体发虚。她孤独，无聊。周边没有小孩，父母也没时间管她。她唯一的伙伴就是印度仆人，然而，仆人们却并不喜欢她。（怎么会喜欢她呢？她对仆人吆五喝六，开口就骂，动手就抽她们耳光。）她也不喜欢仆人。事实上，她也不喜欢自己，不喜欢在印度的自己。

后来，她来到英国，具体来说，是英国的约克郡。一开始，她也不喜欢那里。然而，清新的空气给她带来了能量和力量。待在户外，让她对新的事物产生了思考，她不再感到无聊，甚至开始结交朋友了。她变好了，快乐了，善良了，变得开始喜欢自己了。可是，如果还是待在印度，就不可能变成这个样子。地理环境改变了她，使她变成了现在的样子。

所以，小说和诗歌里的那些地方——远近高低、东西南北——的确都很重要。那不仅仅是个场景。那些地方让我们思考，帮助我们走进人物的内心世界，更好地去理解作者的意图。这还会让你去好好研究地图呢。

— 插　曲 —

同一个故事

到目前为止，我们花了很多时间，思考读者在阅读过程中的任务：寻找探险经历？关注天气和季节？寻觅来自神话里的故事？诚然，这一切都很重要。但是，还有一件事更为重要。那就是要知道：

世界上只有一个故事。

对。一个故事。无论何处，无论何时，无论你是用钢笔在白纸上书写，还是用手和键盘创作，甚或是以鹅毛笔在羊皮纸上书写，你的灵感都源自那一个故事，你的作品也是对那个故事的回应。

那究竟是个什么故事呢？

这也许是你提过最好的问题了，不过，对不起，我的答案可能会令你失望：不知道。

那个故事不是写某一件事的，而是关乎世间所有的事情。它不是像《哈利·波特》那样，关于一个年轻男人的伤疤与命运的故事，而是你想写的任何东西。我想，那是一个关于我们自己的故事，是关于人之所以为人的故事。

我的意思是，除此之外，还能有什么呢？

作家知道吗？他们思考过这个问题吗？

1. 天哪，没有吧。

2. 当然有。

3. 让我再想想吧。

从某个层面上来说，任何一位作家都知道，他的作品不可能是百分之百原创的。这么说吧：你是否用过一个别人从来没有用过的单词？除非你是威廉姆斯·莎士比亚或者詹姆斯·乔伊斯，但即使是他们，其作品中使用的大部分仍是我们熟知的单词。你能把大家耳熟能详的单词重新排列组合写出谁都没说过的话吗？也许能，不过，把握性不大吧。所以，创作也是一样，总有人捷足先登，先你一步。正所谓“莫道君行早，更有早行人”。

不过，这也没什么可怕的。作家自己也清楚，他们笔下的人物多多少少都会与别人的有所雷同，如长袜子皮皮、独脚大盗朗·约翰·斯尔维尔、无情的妖女等。他们对此也心安理得。如果作家的文笔不错，他的作品就不会因为故事的老套而显得无聊。实际上，正是因为新的作品与以前的故事联系起来了，所以会更加有趣，更有深意，更有想象空间。

这是一种答案。还有另一种答案。作家坐下来创作时，要经历短时的“失忆症”。对，暂时忘记一些东西。试想一下这样的情景。你要写一首诗，而世界上所有的诗人都站在你的背后，你会不会有一种芒刺在背的感觉？所以，要学会遗忘。当你开始创作时，就要关闭所有声道，只聆听自己内心的声音，想写什么就写什么。

然而，你从 6 岁时就开始读诗，而且每个星期还要读几本新的诗集。这一切都保存在你的脑海里。读诗的经历不会离你而去，即便你并没有刻意去想，它们还是会留在那里，挥之不去。而这一切都会在你的诗歌里有所体现。

作家写的任何东西都与其他已经出版的作品相关。这有点类似“万维网”式的创作过程。用英语老师的专业术语来说，就是“互文性”。不过，你大可不用费力去记这个术语。这么说吧：世界上的万事万物都是有联系的。

设想一下，你要写一个西部电影的剧本。这是你第一个西部故事吗？那太好了。写什么呢？一场大决战？已经有了《日正当中》；一位退休的神射手？已经有了《原野奇侠》；暴动中的孤独前哨？已经有了《要塞风云》《黄巾骑兵队》等等；赶牛之旅？已经有了《大战红河边》。诸如此类，不一而足。

且慢！我根本就没想到这些作品。

没关系。你的电影会让观众想起来的。关键是，你躲不开。你看过的电影都是由那些看过别的电影的男男女女创作的。如此一来，每一部电影都和别的电影有着千丝万缕的联系。如果看过《夺宝奇兵》里印第安纳·琼斯被他的鞭子拖到卡车后面的情景，就相当于你已经被《西斯科小子》(1931)所感动，即使你没有看过。

现在谈谈最基本的元素：主人公。你的主人公健谈吗？如果不健谈，他就属于加里·库珀、约翰·韦恩以及后来的克林特·伊斯特伍德这类传统型的。如果健谈，他就属于詹姆斯·加纳这一类的。如果你的作品里有两个主人公，一个健谈，一个沉默，那就是《虎豹小霸王》(1969)了。你的主人公肯定要说话，无论说什么，观众都能从中听出其他电影的“回声”，不管你在创作时是否想过这些电影。读者朋友，这就是“互文性”。

另一个英语老师常用的专业术语是“原型”。原型是“模式”的一个更华丽的说法，或者是指一种很久以前的，即某种模式所基于的思想。它是原始的，可以引发一系列联想的。

“原型”是这样的。很久以前，有一个神话故事。故事很动人，广为流传，经久不衰。它可以是任何东西：一次探险，一种牺牲，飞翔与坠落，一顿共享的餐饭，等等。总之，什么都可以。不管是什么，它唤醒了我们，惊动了我们，激励着我们，让我们愿意一遍一遍听下去。

你可能会觉得，这些元素和原型，总有一天会变得老掉牙。实际上，恰恰相反，它们历久弥坚。这就是前面提到的“啊哈”因素的魅力。当我们听到、看到、读到其中一个原型时，我们会有一种似曾相识的兴奋感，会情不自禁地发出“啊哈”的感叹。随着阅读经历的丰富，我们会时不时地发出这样的感叹，因为作家们不厌其烦地在使用各种原型。

不过，作为读者，你没有必要去寻找那个原始的故事。事实上，你也不可能找到第一个探险故事，或者第一次飞翔的故事，因为太久远了。也许，神话也有很多版本。这么说吧：在历史的长河中，在某一个地方，某个故事得到了广泛流传。今天，人们借用了其中的某些人物，如起飞又坠落的人，如必须远征的年轻人等。

这些故事永远伴随着我们，永远印在我们的脑海里。我们可以使用、更改或者添加我们想要的内容。那个永恒的故事就在我们周围。读者与作者，讲述者与倾听者，我们彼此之间互相理解，因为我们都知道这个同样的故事源泉。我们只需伸出手，撷取其中的一小片即可。

— 第十四章 —

伟大的“烙印”

卡西莫多是一个驼背人。玛丽·雪莱笔下的人物（不是维克多·弗兰肯斯坦，而是他创造的怪物）是一个由许多人的部位拼凑而成的人。俄狄浦斯有着一双受伤的脚。上述人物都非常有名，一方面是因为其所作所为，另一方面是因为其特殊的体貌特征。体貌特征透露出人物的身份，同时也告诉我们故事中其他人物的特点。

首先，在现实生活中，如果某人有着某些体貌特征，或疤痕，或残疾，那么，这显然（应该说很显然）和他们的内心世界没有必然的联系。在现实生活中，跛子就是跛子，仅此而已。

然而，在文学作品中，则另当别论。在文学作品中，生理缺陷——伤疤、跛行、截肢、扭曲的脊椎、丑陋的面孔——都可能是一种象征，说明他们和别人不一样。外表的不同几乎永远暗喻着内心的不同。

在民间故事或童话故事里，主人公往往有着某些“烙印”。他可能长着刀疤脸，可能是个跛子，可能受伤了，也可能生来就一腿长一腿短。总之，他的“烙印”使之显得与众不同。怎么，你不相信？你读过多少故事？故事里的人物是不是都在某些方面与众不同？那种不同是不是时不时地显现出来？哈利·波特为什么有一块伤疤？伤疤的位置在哪里？伤疤是怎么来的？伤疤的形状如何？

俄狄浦斯就是一位有着明显标志的主人公。俄狄浦斯是希腊神话中最为著名的人物之一。和哈利·波特一样，他从小身体上就有了“烙印”。不过，他的标记不是在脸上，而是在脚上。如果你是一个正要去观看索福克勒斯的名剧《俄狄浦斯王》的希腊人，那么在正式走进剧院之前，你就已经知道了这一点。因为“俄狄浦斯”这个名字在希腊文中的意思就是“受伤的脚”。

俄狄浦斯还是婴儿时就被刺穿了脚踝，送到野外等死，因为他的父母被可怕的神谕吓坏了。神谕说，俄狄浦斯长大后会弑父娶母。所以，他们让仆人把他送到野外，等他自然死去。为了保险起见，他们还把他的双脚扎紧，这样，他就爬不了了。当然，俄狄浦斯命大。他长大后，真的把自己的父亲杀了，并娶了自己的母亲。最后，他受伤的双脚证明了他的身份以及他的所作所为。

俄狄浦斯的伤疤诉说着自己的故事。哈利·波特的伤疤也是如此。他们的伤疤不只是告诉我们他们是多么与众不同，还告诉我们他们所经历的一切。哈利之所以有块伤疤，是因为伏地魔杀了他的父母，也想杀了他。俄狄浦斯的双脚受伤了，是因为他的父母想杀了他。也正是因为这些事件的发生，哈利和俄狄浦斯才成为我们看到的样子。如果他们两个都没有以那样特别的方式留下伤疤或标志，就不会有后面的故事了。

至于那些没有因事件留下伤疤或标志，却因为天生的体貌特征引起读者注意的人物，又会如何呢？就拿玛丽·雪莱来说吧。她的人物是由坟墓里的零散尸骨拼凑而成的，而且是一个特殊的历史时刻的产物。当时，工业革命势头正劲，新的世界对人们几百年来的信仰构成了威胁。新的科学（以及对科学的新的信仰）动摇了传统的信仰和思维方式。维克多·弗兰肯斯坦创造的这个无名怪人之所以吓人，是因为他代表着这类科学所能制造的结果：禁断的知识以及缺乏思考与关怀的科学导致的恶果。科学怪人看上去很畸形，像魔鬼一般，这是在警示人们，如果掉以轻心，崭新的科学可能会给我们带来意想不到的恶果。

那么，长相可怕的人物，行为也一定可怕吗？不一定。有时甚至恰恰相反。维克多·雨果的小说《巴黎圣母院》（一译《钟楼怪人》）（1831）里的卡西莫多生来相貌丑陋。他的脸扭曲着，背驼着。人们都说，他是巴黎最丑的人。可是，这个狰狞的外表下面却隐藏着一颗侠义之心。雨果利用卡西莫多丑陋的外表向世人指出，这个面目狰狞者身边的人远没有他和善、慈悲、温和。他们看起来很正常，实际上，却非常自私残忍，与魔鬼无二。卡西莫多看上去像魔鬼，实际上却是一位真真正正的大英雄。

畸形和伤疤永远都有内在的含义吗？也不尽然。也许，有时伤疤就是伤疤，受伤的脚或者驼着的背也只是表面现象而已。然而，大多数情况下，作者是在利用体貌特征让我们看到人物的性格特征或者书中要传递的某些含义。毕竟，创造没有缺陷的人物再容易不过了。如果在故事的第二章里，人物跛了，那么，在第二十四章里，他就不可能像兔子一样飞奔着去追赶火车。所以，如果作者让人物带有体貌特征，如伤疤或残疾，大都是有某种含义的。

— 第十五章 —

失明自有失明的道理

这么说吧。有这么一个男人，他是一个人人崇拜的男人。他身体强壮，聪明无比。他雷厉风行，做事麻利。（不过，脾气稍微有点火爆。）这个男人有一个问题。他不知不觉犯下了常人无法想象的两桩大罪。他不知道自己是谁，也不知道自己干了些什么。他发誓要追踪那个犯下滔天大罪的人，可是，那个他发誓要追踪的人，不是别人，正是他自己。

他请来一位专家，一个能帮助他找到真相的人。专家到来时，他却意外发现这位专家是个盲人，什么也看不见。

尽管如此，专家却可以“看到”我们的主人公看不到的东西，那就是，我们这位身体强壮、聪明无比、做事麻利的主人公就是那个最可怕的罪犯。

他到底做了什么？

也没什么。他只是杀了自己的父亲，娶了自己的母亲而已。

至此，我们又回到了俄狄浦斯身上。提瑞西阿斯是一位盲人先知，他熟悉与俄狄浦斯王有关的一切真相。然而，真相太可怕了，他不想说出来。等他终于说出口时，没有人相信他，因为当时大家都处在极端愤怒的情况下。俄狄浦斯视力绝佳，却看不清事情的关键。当他最终看清原来自己的生活就是最可怕的事情时，他选择以一种可怕的方式惩罚自己。

他把自己弄瞎了。

书中一旦出现盲人，就意味着要发生很多事情。有很多事情盲人做不了，或者说，做起来很费劲。他的每一个动作，说的每一句话，或者别人说的有关他的每一句话，都必须把“失明”这个因素考虑进来。这对于作者来说意味着大量的工作。所以，当“失明”这一要素出现在故事中时，一定是有什么重要的事情要发生。显然，作者要引出另外一种“视觉”，一种超出自然规律的“视觉”。

在撰写本书时，我要时不时地澄清一些事实，现在又到时候了。我刚才说的千真万确：当失明和视力、黑暗和光明出现时，丧失视力和拥有视力都具有了象征意义：谁能理解事态的发展，而谁又不能；谁在关注，而谁又没有。

关键是，拥有视力或者丧失视力这个问题不会出现在每一本书里面。

所以，为什么有的书里会出现失明的元素？为什么要谈论失明的问题？

这个问题问得很好。我想，这是个很微妙的问题。作者可能在书中用十分模糊的笔触暗示失明的问题，有些读者可能会领会作者的暗示，有些则不能。如果作者希望每一位读者都能注意到某个元素，最好写得明明白白，清清楚楚。这样可以让读者轻而易举地发现线索。盲人的出现，读者一定不会错过。所以，作品中一旦出现盲人，可以肯定的是，作者认为丧失视力和拥有视力在故事中起着举足轻重的作用。

在西奥多·泰勒的《珊瑚岛》(1969)中，白人小男孩菲利普乘坐的船只在珊瑚岛上失事了，和他在一起的还有一个叫作提摩西的老黑人。菲利普不喜欢黑人(这完全归咎于他的母亲)，一想到自己不知道要和这个老黑人朝夕相处多久，就感到阵阵恶心。

然而问题是，菲利普离不开提摩西。之所以离不开，是因为当菲利普乘坐的船只被纳粹的鱼雷击中时，他的头部受伤，导致他失明了。

当然，泰勒完全可以让菲利普别的部位受伤，比如，腿断了。腿断了，菲利普也离不开提摩西，这会成为他们友谊的开端，让菲利普渐渐把种族歧视抛到脑后。但是，事情并非如此。菲利普失明了。这就很巧妙，因为菲利普看不见提摩西了，也看不见别的黑人的真实面目了。在他失去视力之前，他是无论如何也做不到这一点的，因为他的心灵、他的大脑和他的眼睛一样，也都“失明”了。等他渐渐了解了提摩西，渐渐认识到了这位老人的勇气、慷慨和力量时，他便不再“失明”了。

现在，让我们再次回到俄狄浦斯身上。不要难过。很多年之后，我们会在《俄狄浦斯在科洛诺斯》中再次与他相遇。的确，他吃了不少苦头。可是，他的遭遇使他再次成为一个完整的人。他不再是世界上最不可饶恕的罪犯了，而变成了众神的宠儿，他们以一种神奇的死亡方式把他迎进了另一个世界。他的智慧达到了一个前所未有的高度，这是他失明之前无论如何也无法企及的。

— 第十六章 —

那绝不仅仅是心脏病，也绝不仅仅是疾病

当你生病了，你就只是生病了。你会躺在床上，等待康复。然而，在文学作品里，人物生病时，别的事情也会随之发生。你一定要注意，看看他们究竟得的是什么病。

就拿心脏病来说吧。在现实生活中，心脏病很可怕。它往往来得很突然，令人震惊，同时，又令人感到痛不欲生。然而，在文学作品中，心脏病可以是另一番景象：它可以很有诗意，也可以是一个象征。

心脏除了作为维系生命的压泵以外，还常常被视为情感的源头。这一点有着悠久的历史。在《伊利亚特》和《奥德赛》两部作品里，主人公都有着“铁石心肠”。（铁是荷马那个时代最新发现的、最为坚硬的金属。）铁意味

着“坚韧，坚决，甚至可以是铁石心肠”。换句话说，铁在当今的寓意和那个时候基本一致。但丁、莎士比亚、邓恩、马维尔、霍尔马克[1]等著名作家在谈论感情时，都会谈到“心脏”。

作家之所以选择心脏，是因为我们可以感受到它的跳动。请问，情人节贺卡是什么形状的？当人们坠入爱河时，心里是不是可以感受得到？失恋时，是不是会“心碎”？当人们被强烈的感情左右时，心脏似乎都要蹦出来了。

这一点，无人不知，无人不晓。对此，作家会如何加以利用呢？作家可以把心脏病当成一种刻画人物的简略方式。有了心脏病，就会出现无数症状：失败的感情、孤独、残忍、不忠、胆小、缺乏决心等。心脏出了问题，还可以代表别的东西：现实世界中残缺的爱情故事。

文学中有很多有关“不好的心脏”的描写。其中，最著名的要数路易莎·梅·奥尔柯特的《小妇人》（1868—1869）中的贝斯·马奇了。然而，贝斯不是胆小鬼，她并不孤独，也不残忍——这一点，我们都知道。相反，她可爱，温柔，善良，有点腼腆，但总的来说，堪称完美。她

1 邓恩、马维尔、霍尔马克，英国17世纪玄学诗派的代表诗人们。——译者注

太完美了，当一个贫困家庭的孩子生病时，她的几个姐妹没有一个愿意前往看望，只有她挺身而出，独自前往，结果染上了猩红热。

这真的很不幸。书中有很多描写贝斯生病差点去世的伤心场面。不过，最终她渐渐恢复了，只是没有完全康复。她浑身虚弱，再也回不到从前那个健康的她了。贝斯的身体日渐衰弱，这听起来似乎很有诗意，事实上却非常现实。猩红热会伤及心脏，贝斯也没有逃过。最终，她受损的心脏再也无法跳动了，她在安静与祥和中完美地离去。她的心碎了（真的碎了），因为她付出的爱太多太多。

贝斯“不好的心脏”并不代表她人品的“缺陷”或“污点”。这恰恰反衬出她姐妹们的自私——她们当中没有人愿意前往探望生病的穷苦儿童（贝斯去了，染上了疾病）。除了她的姐妹们和她的家庭以外，难道贝斯的“心”不也折射出周边世界的一些现象吗？像贝斯一样有爱的心会受伤。像贝斯一样有爱的心的确“只应天上有”。而其他人，由于心里充满了自私、懒惰及常人的诸多毛病，只能在没有贝斯的世界里苦苦挣扎了。

当然，会出毛病的不仅仅是心脏一个器官。疾病多种多样，作家可以根据需要充分利用，尤其是那些生活在疾病依旧非常神秘的时代的作家。直到19世纪，人们才开始对细菌有了初步认识。然而，面对疾病，人们依旧无能为力。某人生病了，去世了，没有人知道究竟是什么原因。由于疾病是生活的一部分，因此，它也成了文学作品的一部分。

文学作品中如何利用疾病来刻画人物，突出主题，有一定的规律可循。不是所有疾病都生而平等。在现代管道铺设之前，霍乱（喝不干净的水就可以染上此病）几乎和肺结核一样普遍，而且，更加致命。不过，霍乱很少出现在文学作品里，而肺结核则随处可见。为什么？主要是“形象”问题。霍乱名声不好。霍乱很丑陋，很可怕，很难闻，而且，来得很猛烈。没有人愿意阅读与霍乱有关的文字。

那么，什么样的疾病才具有文学价值呢？

1. **首先，它必须有好的画面感。**什么？你不信疾病会有画面感？就以肺结核为例吧。19世纪，人们把肺结核称为“消耗性疾病”（或者“肺痨”）。当然，听到一个人一阵阵咳嗽，好像整个肺都要咳出来了，一定很可怕。然而，患者往往会鬼使神差地变得“异常美丽”：皮肤变得苍白，眼窝变得黝黑，整个人看上去就像中世纪油画中的殉道者。

2. **病源必须很神秘。**如此，肺痨在19世纪又成了大“赢家”。今天，我们知道，当人们接触到受感染的血液、痰、唾液时，就会染上肺结核。然而，当时的作家大都不了解这一点。这一可怕的疾病有时会把一家人放倒，可是，没有人知道究竟是怎么回事。约翰·济慈怎么也没有想到，照顾患了肺结核的弟弟汤姆竟把自己送上了不归路。

3. **要有很好的象征意义。**不知道有没有与天花相关的比喻？即便有，我也不想知道。肺结核是一种消耗性疾病，患者日渐虚弱消瘦，这是一个很好的象征。它象征着被消耗的生命——通常属于年轻人，甚至是刚出生的婴儿。

书中的人物们因为患上肺结核纷纷倒下。作者往往不提疾病的名字。有时，我们看到书中的人物“虚弱”“体弱”“敏感”“消瘦”；有时，我们发现他们“患上了肺病”；有时，就是不停地咳嗽，或者体力不支。实际上，只要出现一两个症状，读者就知道了作者指的是什么了，因为他们对这种疾病太熟悉了。

当然，肺结核不是唯一一种出现在作家笔下的疾病。当亨利·詹姆斯厌倦了黛西·米勒，要让她从作品里消失时，他让她患上了“罗马热”，也就是我们今天所说的疟疾。疟疾非常有象征意义。它的意思是“污风”。人们认为，在闷热潮湿的夜晚呼吸了有害的气体就会染上这种疾病。（可他们根本就不知道，也可能是在那样的晚上让蚊子叮咬了。）黛西在罗马期间就因具有象征意义的“污风”落下病了。这里的“污风”指的是下流的传闻，恶意的评论，以及遭到她想接近的人的冷遇，等等。因此，疟疾对于她的结局而言，再合适不过了。

詹姆斯书中使用了疟疾的旧称，这就更合适了。黛西的确患上了“罗马热”。她发疯般地要进入当地虚伪的上流社会。（“我们就要成为上流社会的一员”，她曾经说道。）当她踏上那致命的罗马娱乐场之旅并受到温特伯恩冷遇时，她说：“他假装不认识我。”接下来，她就真的死了。“罗马热”很好地诠释了在这个来自美国郊区（准确地说是斯克内克塔迪市）充满活力的年轻女孩身上发生的一切。她的死，是其年轻活力与欧洲旧世界的污浊腐朽之间相互冲突的必然结果。

且慢。我觉得温特伯恩是一个吸血鬼，是他把黛西的血液吸干了。这种看法对吗?

当然。他也是冬天的代名词——寒冷、苦涩、死亡。此外，他用“罗马热”把黛西杀死了。像亨利·詹姆斯这样的作家，不会只使用一个象征或者一种比喻，而会把很多象征或者比喻叠加在一起。（任何一个单一的象征或比喻在黛西身上都不合适。）

有时，人物不必非要真的生病，他只要觉得自己生病就行了。当《秘密花园》里的玛丽·伦诺克斯遇到表弟考林时，她发现她的表弟常年卧病在床，身体孱弱，自我哀怜，弄得周围的人整天闷闷不乐。他告诉玛丽，他觉得自己要死了。

玛丽和考林一样自私不快，所以，对他半点同情心都没有。“我不信！”她厉声说道，“你这么说，就是要大家同情你。你甚至为此感到骄傲！我不信，如果你是个好孩子，也许是真的，可是你太坏了！”

事实上，玛丽是对的。考林并没有真的生病。不过，从另一个角度来说，考林也是对的。他的确病了：他讨厌自己，讨厌孤独。他没有朋友，妈妈不在了，爸爸也不愿意和他说话。他唯一的伙伴是身边的仆人，而仆人也因为他的骄横跋扈、乱发脾气而憎恨他。他太孤独了，太与世隔绝了，仅凭这一点就可以把他杀死。

当考林和玛丽成为好友，当玛丽把他介绍给她的新朋友迪肯时，他感觉好多了。当他和新结交的朋友来到秘密花园时，他的身体变得越来越强壮了。

考林的“病”不是真的，但是，作为一个比喻，却是真的。一个人把自己关在屋子里，自我封闭，除了痛苦和恐惧以外别无所有，自然而然就会“生病”。当考林走出房间（来到花园）、走出自我（结识朋友）时，他破天荒地变成了一个健康的人。

所以，当人物生病了或者死亡了，那就要注意了。他究竟得的是什么病？如何得的？什么可以让他感到好受点？书中人物不会无缘无故地晕倒。仔细观察，你会发现，外表的疾病恰恰反映出人物内心的世界。

— 第十七章 —

不要用眼睛去读

在《秘密花园》里，玛丽和她的仆人马萨交上了朋友。马萨滔滔不绝地谈论着家人的生活。她那饶有趣味的描述让玛丽第一次对身外的事物产生了兴趣，也让她从此踏上了成为一名健康幸福女孩的旅途。

嗯，这对玛丽来说的确不错。那对马萨来说又如何呢？对马萨那些挤在狭小的农舍里缺衣少食的兄弟姐妹来说又如何呢？我们是否在替他们担心呢？

你要担心，那就担心好了。反正玛丽不会，马萨也不会。对于兄弟姐妹时常挨饿的事情，马萨早已习惯了。玛丽一会儿跳绳，一会儿在花园里玩耍，而她却不得不去生火做饭，打扫房间，而且，一个月只能休息一天。对此，她也没有半点怨言。

在弗朗西丝·霍奇森·伯内特眼里，这一切再正常不过了。在她眼里，仆人干活，富家子弟玩耍，似乎合情合理。事情本来就是这个样子。她这样写，并不是想让玛丽显得冷酷无情，也不是想让马萨因为任劳任怨而显得愚蠢无比。

我们没有必要赞同玛丽、马萨或者作者的看法。我们可能认为，比玛丽大不了多少的马萨不应该如此卖命地去工作。我们也可能认为，对那些挤在狭小的农舍里缺衣少食的孩子应该伸出援手。然而，我们不能认为，书中不这样想的人物就是彻头彻尾的坏人。

在我看来，只有跟着作者的思路走，才能真正理解作品的含义。这就是我常说的：不要用眼睛去读。

我的意思是说，不要用今人固定的眼光去阅读，而要回到故事发生的年代，用那个时代人的眼光去阅读。

在弗朗西丝·霍奇森·伯内特创作《秘密花园》时，很多人认为，穷人也好，富人也罢，一切都是上帝安排的。既然一切都是上帝的旨意，也就无法改变，因此，也就没有必要因此而伤感。这恰恰就是书中人物的处世态度。

然而，更重要的是，伯内特创作《秘密花园》的目的，不是为了揭露玛丽和马萨之间的阶级差异。她写的是一个自私自利、郁郁寡欢的女孩和一个娇生惯养、可怜兮兮的男孩的故事，写的是他们两个人生活当中缺少爱的故事。当他们找到了友谊，找到了需要照料的花园，也就找到了健康，找到了幸福。

注意到玛丽的日子比马萨的好就够了。如果硬要把这种差异变成这本书最重要的内容，那纯属于不得要领。那也就意味着，我们阅读此书的角度出了问题。

尤其是，这本书并不古老。如此说来，应该如何去读《伊利亚特》呢？书中到处都充斥着暴力、血祭、掳掠、众神、妃嫔等。阿基里斯因为奴隶被带走了便大发雷霆，仅凭这一点，就无法让现代读者对他产生同情。当他靠着杀死所有特洛伊人来证明自己重回正轨、改过自新时，我们会觉得他十分邪恶。诚然，荷马时代的观众不会那么去想，但是，我们会的。

因此，对于我们这些没有生活在古希腊的读者来说，这部伟大的史诗能带来什么启示呢？

很多，很多。前提是，我们要用古希腊人的眼光去读。

是的，必须是古希腊人古老的眼光！

阿基里斯摧毁了他最珍爱的东西——他一生的朋友，并且，因傲慢战胜理智而过早地死去了。伟人也要学会低头。愤怒是魔鬼。总有一天，我们要面对自己的命运，众神也阻挡不了。《伊利亚特》中有很多有用的教训，如果我们是用21世纪人的眼睛去读这部作品，那么，就会错过很多很多。

如此说来，是不是意味着我们必须认为书中人物的所作所为都是正确的？当然不是。我认为蓄奴及屠城的行为都该被谴责。然而，与此同时，我们必须清楚，荷马时代的人不会那么想。所以，如果我们想读懂《伊利亚特》（的确值得读懂），就必须接受这样的事实，那就是：对书中人物来说，暴力、奴役、杀戮、复仇都是正当行为。

— 第十八章 —

作者是严肃的，还是讽刺呢

有这么一句话：讽刺胜过一切。

就拿“路”来说吧。说到路，人们自然会想到旅程、探险和个人成长，等等。可是，如果此路不通，那该怎么办？如果旅客不走这条路，又该怎么办？

众所周知，路（以及海洋、河流、铁路等）之所以会出现在文学作品中，是因为有人要走。如果书中出现了一条小路，那么，一定能在那里看到主人公的身影。

不过，现在再来说说塞缪尔·贝克特吧。贝克特在其经典作品《等待戈多》（1953）中创造了两个流浪汉，并把他们放在一条道路的旁边，而这条路他们从未走过。每天，他们都回到同一个地方，等待那个叫戈多的人出现，可是，戈多一直没有出现。他们从来没有踏上过那条路，而那条路也从来没有给他们带来任何开心的事情。

当然，我们很快就会明白，那条路是专门为这两个流浪汉准备的，只是他们从未走过罢了。这充分说明，他们的生活并非他们注定要过的，甚至不能称之为生活。如果我们压根儿就没指望他们踏上那条路，那就另当别论了。若真如此，这两个流浪汉无非是滞留在荒凉孤寂的田野中的两条汉子而已。然而，事实并非如此。他们两个的确滞留在荒凉孤寂的田野上，可是，旁边就有一条逃生之路，而他们却视而不见。这就完全不一样了。

这就是讽刺?

没错。

在文学作品中，如果事情没有朝着人们预期的方向发展，那么，这种手法就叫作讽刺。比如，上面提到的路。换言之，作者利用我们的"预期"，使事情绕道而行。有时，这会很有趣；有时，会很伤感；有时，会二者兼而有之。无论如何，讽刺总是让你的期待落空。

就拿雨来说吧。我们早就知道，雨可以代表很多东西。可是，如果讽刺上场了，结果又会如何呢？如果你读到这样一个场面：一个新的生命在暴风雨中来到这个世上。此时，雨会让你毫不犹豫地想到分娩、希望、丰饶、新生和希望，等等。什么，当雨出现在书中时，上面所提及的事物没有及时进入你的脑海？如果你像英语教授一样去阅读，那么，你肯定会想到它们。

在海明威《永别了，武器》（1929）的结尾，主人公弗雷德里克的情人因分娩而去世。事情刚一发生，弗雷德里克就一头扎进雨中。我们上面谈到的那些有关雨的联想在此处都派不上用场。事实上，我们会联想到完全相反的事物：死亡、悲痛、无助和绝望。

妈妈和婴儿，本该相亲相爱，却杀死了彼此。弗雷德里克走进了冬雨，一场在虚假的春天之后到来的冬雨。大雨没有使任何事物得到净化，也没有带来生命和新的希望。这就是讽刺。它让事态朝着我们期待的相反方向发展，该发生的并没有发生。

你可以把讽刺用到任何事物上面。就拿《坟场之书》来说。还记得那个小男孩吗？他跌跌撞撞来到坟地，照顾他的是幽灵一家，保护他的则是一个吸血鬼。知道作者的用意了吧？尼尔·盖曼知道，关于坟地，读者一定会有某些联想，或者某些固有的想法，如死亡、恐惧、鸡皮疙瘩等。坟墓被人们认为是很可怕的，鬼怪和吸血鬼也被视作是很危险的。

然而，它们在这本书中并非如此。在这本特别的书中，所有的危险都发生在坟地之外，只有坟地才是最安全的。在作者笔下，坟地原来的象征意义——坟地是很可怕的——并没有完全消失，而是像回声一样回荡在人们的脑海里，让我们注意到作者赋予它的新含义。（可见，这个坟地非常温馨！）

讽刺无处不在。假如飞机失事了，一群孩子滞留在一个荒岛上，没有大人照顾，结果会如何呢？如果你读过威廉·戈尔丁的《蝇王》，你就会知道里面发生了什么：男孩子们互相攻击。文明的外衣被撕烂了。单纯的人类变得面目狰狞，相互残杀。在这里，荒岛是一个绝好的象征。在戈尔丁笔下，荒岛象征着每个人（即便是天真无邪的儿童也不例外）内心深处的原始野性。这种野性随时都在等待机会，出来兴风作浪。

请等一下。如果是一群女孩子，不是男孩子，又会怎么样呢？比如，这是一群参加选美比赛的女孩子，也许，她们不会相互攻击，而是互相帮助；也许，她们用来竞争的晚礼服和美容产品最终都变成了求生的工具；也许，邪恶的竞争、野蛮的攻击、背后捅刀子以及背信弃义这样的事情反而会发生在岛屿之外的选美比赛之中。

如果你了解这些，你就了解了莉芭·布雷的《选美皇后》（2011）。

事实上，在女孩子这里，文明的外衣也被撕得粉碎，正如威廉·戈尔丁笔下的男孩子一样。只不过，这种文明（以口红、发胶、高跟鞋、除毛器为外衣的文明）被证明不值得拥有罢了。小岛成了姑娘们发现自我的地方，也就是说，她们在那里发现了勇气、怜悯、友谊和爱，而不是残忍、暴力和谋杀。

这就是讽刺。（非常有意思吧。）

几乎所有的作家都会偶尔用到讽刺。讽刺给文学这道菜添加了不少味道，也让读者时刻保持着警觉。讽刺让读者透过文字本身去探求作者的真正用意。

有一点我们必须记住：讽刺胜过一切。换句话说，如果讽刺从门里进来了，那么，本书中的每一个章节都要从窗户逃走了。

那么，怎么知道作者是在使用讽刺呢？

仔细聆听吧！

— 第十九章 —

测试案例

花园茶会

凯瑟琳·曼斯菲尔德

那天的天气可算是非常理想。对举办花园茶会来说，堪称完美。即使提前定制，也不过如此。天儿很暖和，没有风，也没有云。蔚蓝的天空上笼着一层淡金色的薄雾，宛如初夏时节。园丁一大早就起身，忙着修剪、清理草坪，直到草地和种有雏菊的深色花坛都变得闪闪发亮。至于那些玫瑰，你禁不住会想，它们肯定知道只有自己才是花园茶会上最引人注目的花儿。一夜之间，几百朵玫瑰花，没错，足足有几百朵玫瑰花，竞相绽放。绿色的灌木丛谦逊地弯着腰，仿佛刚刚接受过天使的接见。

早餐还没结束，搭帐篷的人就来了。

“妈妈，您想把帐篷搭在哪儿？”

“亲爱的孩子，这件事别问我。今年，我打算把所有的事都交给你们几个孩子来处理。忘了我是你们的妈妈吧，把我当做一位尊贵的客人好了。”

不过，梅格是不可能去当监工的。早餐前，她刚刚洗过头发。这会儿正裹着绿色的头巾享用着咖啡，深色的湿发卷还贴在她的两颊上。乔斯像只蝴蝶一样，总是穿着丝质衬裙和一件和服式外套跑下楼来。

“只能你去了，劳拉。你是最有艺术眼光的。”

劳拉飞一般地跑了出去，手里还拿着一块黄油面包。能有个借口在外面吃东西真是件美事。更何况，劳拉愿意管事。她一直觉得，自己会把事情安排得井井有条，比其他人强得多。

四个身着衬衫的人站在花园小路上，聚在一起。他们手里拿着卷有帆布的窄木板，背上背着大大的工具包，看上去神气极了。劳拉真后悔自己拿了那块黄油面包，没地方放，又不能把它扔了。劳拉的脸红了。她走向那几个人，尽量摆出一副严肃的样子，甚至还假装有点近视。

“早上好，”劳拉模仿着母亲的语气说道。但是，她的声音太假了，自己都觉得不好意思。她像个小女孩一样结结巴巴地继续说：“噢……呃……你们来……是为了搭帐篷吗？”

“没错，小姐，”几个人中个子最高的那个说道。这个小伙子身材细长，满脸雀斑。他把工具包换了个位置，抬了抬草帽，低下头对劳拉笑着说：“我们是来搭帐篷的。”

他的微笑很随和，很友好，劳拉一下子就恢复正常了。他的眼睛可真漂亮，虽然不太大，却蓝得那么深邃。劳拉望向其他几个工人，发现他们也都在微笑。那笑容仿佛在说：“开心点嘛，我们又不咬人。”多和气的工人呀，多美好的早晨呀！不能再想这些了，她得正儿八经开始干活了。还得搭帐篷呢。

“嗯，搭在百合花圃那儿怎么样，可以吗？”

劳拉用没拿黄油面包的那只手指给他们看。他们顺着她指的方向看去，一个身材微胖的小伙子瘪了瘪嘴，大高个儿也皱起了眉头。

“我看不好，”他说，“搭在那儿不够显眼。你知道，帐篷这种东西，”他很从容地转向劳拉，“一定要搭建在合适的位置上，这样才能给人的眼睛重重地来上一拳。你明白我的意思吧？”

劳拉所受的教育让她着实考虑了一会儿，一个工人对她说出“重重地来上一拳”这样的话，是否有失尊敬？不过，她明白他的意思。

“搭在网球场的一个角上怎么样？”她提议说，“只不过，乐队也得占一个角。”

“嗯，还有个乐队，是吧？”另一个工人说道。他脸色苍白，形容憔悴，深色的眼睛扫视着网球场。他在想什么呢？

“乐队很小。”劳拉轻声地说。也许，如果乐队小一点的话，他就不会这么介意了。

这时，大高个儿开腔了：“往这边看，小姐，那个位置好。那儿，就在那些树前面。那儿很合适。”

在卡拉卡树[1]前面。那样会把树挡住的。那些树是那么可爱，树叶宽大，油亮，树上挂着一簇簇黄色的果子。它们就像生长在荒岛上的树，骄傲，孤独，在无言的庄严华丽中，将树叶和果实举向太阳。非得拿帐篷把它们挡

1　卡拉卡树，英文名 Kataka tree，一种新西兰特有的常青树种。——编者注

住吗？

看来只能这样了。工人们已经扛着木板朝那儿走了。只有大高个儿落在后面。他弯下腰，掐了一朵薰衣草，用拇指和食指捏着放在鼻子前面，轻轻嗅着花香。劳拉看到这个举动，一下子就把卡拉卡树的事忘得干干净净了。真没想到，他居然会在意这些东西——在意薰衣草的花香。她认识的男人中有几个会这样做？噢，工人们真是太可爱了！为什么她没有工人朋友呢？他们可比那些和她一起跳舞，并且每个周日都来吃晚餐的傻小子们强多了。和这样的人相处会容易得多。

都怪那些荒唐的阶级差别，劳拉想道。她觉得没有什么差别。一点儿都没有，一丝一毫都没有……与此同时，大高个儿正在一个信封背面写写画画，看哪些东西要用环扣住，哪些需要吊起来。耳边传来了木锤敲打发出的砰砰声。不知是谁吹起了口哨，有个人还唱了起来："你在吗，伙计？"伙计！这个称呼多么友好，多么——

为了证明自己很开心，让大高个儿看看她是多么自在从容，对那些愚蠢的传统是多么不屑一顾，劳拉一边看着草图，一边咬了一大口黄油面包。她觉得自己就像个女工一样。

“劳拉，劳拉，你在哪儿？你的电话，劳拉！”屋里有人喊道。

“来了。”劳拉轻快地跑开了。她越过草坪，沿着小路跑上台阶，穿过阳台来到门廊。爸爸和劳瑞在门厅里刷着帽子，他们正准备去办公室。

“嘿，劳拉，”劳瑞很快地说，“下午之前你看一下我的外套吧。看看要不要熨一下。”

“好的。”劳拉答应着。突然间，她情不自禁地跑到劳瑞身边，轻轻地迅速地拥抱了他一下。“噢，我真是太喜欢宴会了。你呢？”劳拉喘着粗气问道。

“还——行吧。”劳瑞的声音充满热情，还带点孩子气。他抱了一下妹妹，然后，轻轻推开她，“快去接电话吧，傻丫头。”

对了，电话。“是的，是的。哦，是的。是凯蒂吗？早上好，亲爱的。来吃午饭？来吧，亲爱的。当然高兴。不过，午饭得将就一下——只有面包皮、碎糖霜和一些剩菜。是的，真是个完美的早晨。你的白色衣服？噢，当然，这是我该做的。等一下——先别挂。妈妈叫我呢。”劳拉坐着向后靠了靠，“妈妈，您说什么？我听不见。”

谢里丹太太的声音从楼上飘了下来：“告诉她戴着上周日戴的那顶漂亮的帽子。”

“妈妈让你戴着那顶漂亮的帽子，上周日戴的那顶。好的。一点钟。再见。”

劳拉放下电话，把双臂举向空中。她做了个深呼吸，又伸了个懒腰，这才把手放下。“唉。”她叹了口气，迅速坐直了身子。她一动不动，静静地听着。房子里所有的门似乎都打开了。轻盈匆忙的脚步声和连续不断的说话声让整座房子充满了生机和活力。通往厨房那边的包有绿毡的大门开了又关上，发出一声闷响。接着，传来一阵长长的、滑稽的、咯吱咯吱的声音，那是移动那架笨重的钢琴时，不太灵活的琴脚发出的声响。空气实在是太好了！如果你稍作停留，细细体会的话，你会想，空气总是这么好吗？微风像是在玩捉迷藏，从窗户上面进来，又从门口出去。屋里透进两个光点，一个在墨水瓶上，另一个则落在银色的相框上。它们也在玩耍。多可爱的小光点啊！尤其是墨水瓶盖上那个，那么温暖，像是一颗温暖的银色小星星。劳拉真想亲它一口。

前门的门铃响了。楼梯上传来了赛迪的印花衬裙发出的窸窸窣窣的声音。一个男人在低声说着什么。赛迪漫不经心地答道："我不知道。等一下。我问问谢里丹太太。"

"什么事，赛迪？"劳拉走进门厅。

"是花店的人，劳拉小姐。"

的确如此。在一进门的地方，放着一个大浅盘，里面摆满了一盆盆粉色的美人蕉。没有别的，只有美人蕉。大大的粉色花朵，竞相开放，光彩夺目，挺立在鲜亮的深红色花茎上，更显得生机无限。

"噢，赛迪！"劳拉用一种近乎悲叹的声音说道。她蹲下身来，仿佛要用美人蕉的烈焰来温暖自己。她能感觉到美人蕉在她的指尖，在她的唇边，在她的胸中成长着。

"一定是弄错了，"她低声说道，"没有人订过这么多花。赛迪，去找我妈妈。"

就在这时，谢里丹太太出现了。

"没有弄错，"她平静地说，"是我订的。很漂亮吧？"她轻按着劳拉的胳膊，"昨天，我路过花店，看见橱窗里的这些花，突然间，我就想拥有很多美人蕉，哪怕一辈子就这一次。而花园茶会给了我一个很好的借口。"

“可是，我还以为您说您不想干预呢。”劳拉说道。赛迪已经离开了。花店的人还站在他的小货车外面。劳拉搂着妈妈的脖子，很轻很轻地咬着她的耳朵。

“亲爱的孩子，你也不希望妈妈那么古板吧，是吗？快别那样了。花店的人来了。”

那人又搬来了一托盘美人蕉。

“请把花摆好，放在一进门的门廊两边吧，”谢里丹太太说，“你同意吗，劳拉？”

“噢，当然同意，妈妈。”

在客厅里，梅格、乔斯和小汉斯终于成功地把钢琴搬过来了。

“要是我们把长沙发靠墙放，把其他东西都搬出去，只留下椅子，你们觉得怎么样？”

“行。”

“汉斯，把那几张桌子搬到吸烟室去，再拿把扫帚来，把留在地毯上的痕迹弄掉。还有——等一下，汉斯——”乔斯特别喜欢对仆人们发号施令，他们也都乐意对她言听计从。她总是让仆人们觉得像在演戏一样。

“让妈妈和劳拉马上到这儿来。”

“好的，乔斯小姐。”

她转向梅格：“我想听听钢琴的声音怎么样，万一下午他们让我唱歌呢。咱们试试《烦闷的生活》吧。”

嘭，嗒——嗒——嗒，嘀——嗒！钢琴发出了激动人心的声音，乔斯的脸色变得严肃起来，她握紧了双手。当妈妈和劳拉走进来时，她用一种忧郁的、高深莫测的眼光看着她们。

“生活是多么令人厌烦，
一滴泪，一声叹，
一场恋爱如此善变。
生活是多么令人厌烦，
一滴泪，一声叹，
一场恋爱如此善变，
转瞬间就要说……再见！”

唱到“再见”这个词时，琴声里透出一种前所未有的绝望，但是，乔斯的脸上却绽放出一个灿烂的、毫无同情心的微笑。

“我的嗓音很棒吧，妈咪？”她满面笑容地说。

“生活是多么令人厌烦，

希望终会变失望，

一场梦，一朝散。”

正在这时，赛迪打断了她们。“什么事，赛迪？”

“打扰了，夫人。厨娘问您有没有插在三明治上的小旗子？”

“是插在三明治上的小旗子吗，赛迪？”谢里丹夫人梦呓般地重复着赛迪的话。从她的脸上孩子们看得出来，她根本没准备那个。“让我想想。”接着，她很肯定地对赛迪说，“告诉厨娘，我十分钟后拿给她。”

赛迪离开了。

“好了，劳拉，”妈妈很快地说，“跟我一起去吸烟室吧。我把那些物品名称写在一个不知放在哪儿的信封背面了。你得帮我抄下来。梅格，你现在就上楼，把头上那个湿乎乎的东西拿下来。乔斯，赶快去穿好衣服。都听明白了吧，孩子们？你们不希望晚上爸爸回来时，我跟他告状吧？还有——还有，乔斯，如果你去厨房的话，安慰一下厨娘，好吗？她今早真吓人。”

那个信封最终在餐厅的大钟后面找到了。谢里丹太太想不明白，它怎么会跑到那儿去。

“一定是哪个孩子把它从我包里拿走了，因为我记得很清楚——奶油干酪和柠檬酱。你记下了吗？”

“记下了。”

“鸡蛋和——”谢里丹太太把信封举得远远的，“看起来像老鼠。不可能是老鼠，对吧？”

“是橄榄，亲爱的。”劳拉扭过头去看了一下，说道。

“噢，是的，当然是橄榄。这个搭配听起来太可怕了。鸡蛋配橄榄。”

终于写完了。劳拉把单子拿到厨房。她看见乔斯正在安慰厨娘。厨娘看起来一点儿也不吓人。

“我从来没见过这么精致的三明治，”乔斯兴高采烈地说，“你说一共有多少种三明治来着，厨娘，十五种？”

“是十五种，乔斯小姐。”

“哇，你太棒了。”

厨娘用长长的三明治刀把面包渣拢成一堆，脸上笑容可掬。

“高德伯糕点铺的人来了。”赛迪说着从餐具室走了出来。她看到那个人从窗前走过去了。

这就意味着奶油泡芙来了。高德伯家的奶油泡芙太有名了，谁还会想自己在家做呢？

“把泡芙拿进来放在桌上，姑娘。”厨娘命令道。

赛迪把泡芙拿了进来，转身去门口了。当然，劳拉和乔斯已经长大了，对这种东西已经不那么钟情了。但是，她们还是不得不承认，这些泡芙看上去非常诱人，实在是太诱人了。厨娘开始摆放泡芙，同时，抖掉上面多余的糖霜。

“看到泡芙总会让人回想起以前的那些茶会，对吗？”劳拉说。

“也许吧。”乔斯是个讲求实际的人，不喜欢回忆过去，“不过，这些泡芙真的是又松又软。”

“每人来一块吧，亲爱的小姐们，”厨娘的声音让人感到很舒服，“你们的老妈不会晓得的。”

噢，这怎么可以呢。想想吧，刚吃过早餐就吃奶油泡芙。光是想想就令人浑身打颤。然而，两分钟之后，乔斯和劳拉舔着手指，表情专注。这种表情只有在吃掼奶油时才会有。

“咱们去花园吧，从后面的小路走，”劳拉提议说，“我想去看看那些人帐篷搭得怎么样了。他们都是非常好的人。”

但是，后门被挡住了。厨娘、赛迪、糕点铺的伙计和汉斯都挤在门口。

出什么事了。

“啧啧啧。”厨娘像只焦虑不安的老母鸡在咯咯叫。赛迪拿一只手拍着自己的脸，像是害了牙疼。汉斯的脸扭曲着，竭尽全力想要弄清楚是怎么回事。只有糕点铺的伙计看上去很得意，显然，事情是他讲的。

“什么事？出了什么事？”

“吓人的事。”厨娘说，“死了一个人。”

“死了一个人？在哪儿？怎么死的？什么时候？”

但是，糕点铺的伙计可不会让人从他嘴里把故事抢走。

“知道这儿下边的那些小房子吗，小姐？”知道吗？她当然知道。“那儿住着一个小伙子，叫斯考特，是个赶大车的。今天早晨，在豪客大街拐角，他的马看见一辆拖拉机，受惊了。他给甩了出去，后脑勺着地。就这么死了。”

“死了！”劳拉瞪着那个伙计。

“他们去抬他起来的时候，已经死了。”糕点铺的伙计讲得眉飞色舞，“我往这儿来的时候，他们正把尸体往家运呢。”然后，他对厨娘说：“撇下了老婆和五个小的。”

“过来，乔斯，”劳拉扯着姐姐的袖子，拽着她穿过厨房，来到绿毡门的另一侧。她停下来，靠在门上。“乔斯！”她说道，惊魂未定，“我们怎么才能让这一切停下来呢？”

“让一切停下来，劳拉！”乔斯吃惊地叫道，“你说什么呢？”

“取消花园茶会啊，那还用说吗？”为什么乔斯要假装听不懂呢？

但是乔斯更吃惊了。“取消花园茶会？亲爱的劳拉，这太荒唐了。我们当然不能那样做。没有人会希望我们那样。别太过分了。”

“但是，大门外刚死了一个人，我们怎么还能举行花园茶会呢？”

想想真是很过分，因为谢里丹家的大宅坐落在陡坡上，而那些小房子就在坡下的一条小巷里。中间只隔着一条大路。真的是离得太近了。那些小房子看上去很扎眼，根本就不配出现在这一带。房子都很简陋，漆成了巧克力色。院子里除了白菜帮子和病恹恹的母鸡，就是番茄酱罐头盒。连烟囱里冒出来的烟看上去都穷兮兮，一小缕一小缕的，不像人家谢里丹家的烟囱，冒出来的都是一大股笔直的银色烟柱。那里住着洗衣妇、清扫工和一个鞋匠。还有一个人，他家前院摆满了小小的鸟笼子。孩子们都爱往他家挤。谢里丹家的孩子们小的时候是绝对不准去那儿的，怕他们学会说脏话或者染上什么病。长大以后，劳拉和劳瑞出去散步，有时会穿过那里。那里极其肮脏，令人厌恶。走出来时，他们总是不寒而栗。不过，人还是应该什么地方都走走，什么事情都看看。所以，他们每次还是从那儿穿过去。

“你想想吧，那个可怜的女人听到乐队演奏会是什么心情。”劳拉说。

“噢，劳拉！”乔斯真的生气了，“如果每次有人发生了意外，你都不让乐队演奏，那你的日子就有的受了。我跟你一样，为这件事感到难过。我也很同情他们。”她的眼神变得冷酷起来，就像小时候她们吵架时一样。“你再感情用事，也不能让那个醉酒的工人起死回生。”她温柔地说。

“醉酒！谁说他喝醉了？”劳拉愤怒地朝向乔斯。她接着说道，以前遇到这种情况，她经常这么说：“我现在就去告诉妈妈。”

“噢，天哪。”乔斯嘟哝着。

“妈妈，我能进你的房间吗？”劳拉转动着大大的玻璃门把手。

“当然可以，孩子。怎么了？出什么事了，怎么脸色都变了？”谢里丹太太从梳妆台前转过身来。她正在试戴一顶新帽子。

“妈妈，有个人死了。”劳拉开始讲述。

“不是在花园里死的吧？”妈妈打断了她的话。

“不，不是。”

“噢，你吓了我一跳！”谢里丹太太松了口气，如释重负。她把那顶大帽子摘下来，放在膝盖上。

“但是，听我说，妈妈。”劳拉说道。她上气不接下气，哽咽着讲述了那个可怕的故事。“我们当然不能举行宴会了，对吗？”她恳求道，“要来乐队和那么多人。他们会听到的，妈妈。他们几乎可以算是我们的邻居了！”

妈妈的反应和乔斯的如出一辙，这让劳拉大吃一惊。更让她觉得不可思议的是，妈妈似乎认为这件事很可笑。她根本没拿劳拉的话当真。

“但是，亲爱的孩子，你得有点常识。这件事咱们只是碰巧知道了。如果有人正常死亡了呢——我真搞不懂他们在那些小窟窿里是怎么活下来的——宴会还得照常举行，对吗？”

劳拉只能说“对”，但是，她觉得这一切根本不对。她坐在妈妈的沙发上，揪着靠垫的褶边。

“妈妈，我们是不是心肠太硬了？”她问道。

“宝贝！”妈妈起身朝她走来，手里拿着那顶帽子。劳拉还没来得及阻止，妈妈就把帽子给她戴上了。“我的孩子！”妈妈说，“这顶帽子送给你了。简直就是为你定做的。我戴太年轻了。我从来没见过你这么漂亮。快看看吧！”说着，她拿起一面小手镜。

“可是，妈妈……”劳拉又开腔了。她不肯照镜子，把头扭向一边。

这下子，谢里丹太太也跟乔斯一样失去耐心了。

“你简直太荒唐了，劳拉，”她冷淡地说，“那些人不会指望我们为他们做出牺牲。像你现在这样，毁掉所有人的乐趣，不是也很残忍吗？”

“我不明白。”劳拉说着，快步走出妈妈的房间，来到自己的卧室。在那里，她无意间一眼看到镜子里的那个可爱迷人的女孩，戴着一顶金色雏菊镶边的黑色帽子，帽子上还系着一根长长的黑色丝绒缎带。她从来没想到自己会看上去这么漂亮。难道妈妈说得对？她思考着。这会儿她真希望妈妈是对的。我是不是真的太过分了？也许吧。有那么一小会儿，她又想到了那个可怜的女人和那些小孩子，想到了那个人的尸体被抬回家的情景。但是，这一切是那么模糊不清，那么不真实，就像报纸上的图片一样。她决定还是等茶会结束了再想这件事吧。这似乎是最好的办法。

午餐一点半就吃完了。到两点半的时候，大家都已经准备好了。身着绿色服装的乐队已经来了。他们在网球场的一角安顿下来。

“天哪！”凯蒂·梅特兰唧唧喳喳地说，“他们简直太像青蛙了！你们应该安排他们围着池塘，让指挥站在池塘中央的叶子上。”

劳瑞回来了。他去换衣服时，跟她们打了招呼。一看见劳瑞，劳拉又想起了那件事。她急着要告诉劳瑞。如果劳瑞跟其他人看法一致，那么就没事了。她跟着劳瑞来到门厅。

“劳瑞！”

“嘿！”劳瑞正要上楼，但是，当他转过身来看见劳拉时，他鼓起腮帮子，睁大了眼睛盯着她。“天哪，劳拉！你看上去美极了，”劳瑞说，“这顶帽子太漂亮了！”

劳拉轻声说：“真的吗？”她抬头朝劳瑞笑着，终究还是没告诉他。

很快，客人们川流不息地来了。乐队开始演奏。雇来的侍者在房子和帐篷之间来回穿梭。到处可见双双对对的人儿，时而俯下身去赏花，时而彼此拥抱寒暄着，十分悠闲地在草坪上走着。他们像是快乐的小鸟，中途飞落在谢里丹家的花园里度过一个下午，然后启程飞去——飞去哪儿呢？啊，多么美好啊！和充满快乐的人在一起，握手，亲吻，对着彼此微笑。

“亲爱的劳拉，你真好看！”

“帽子很适合你，孩子！”

“劳拉，你还挺有西班牙情调呢。我从来没见过你这么惹眼。”

劳拉神采飞扬，容光焕发，款款地答道：“您喝过茶了吗？要不要来个冰激凌？这种百香果口味的冰激凌真的不同凡响。”她跑到父亲身边，恳求道：“爸爸，能让乐队也喝点什么吗？”

这个完美的下午像花朵一样逐渐开放，慢慢凋谢，最后缓缓合上了花瓣。

“从来没有这么愉快的花园茶会……”“太成功了……”“可以说是最……”

劳拉帮着妈妈送走了客人。她们并排着站在门廊上，直到一切都结束了。

“谢天谢地，终于结束了。”谢里丹太太说，“叫大家都过来，劳拉。我们去喝点新泡的咖啡。真是把我累坏了。没错，确实很成功。可是，唉，宴会啊，宴会！”全家人都在空无一人的帐篷里坐了下来。

“吃块三明治吧，亲爱的爸爸。上面插的小旗子是我写的。”

“谢谢。”谢里丹先生一口咬下去，一块三明治就不见了踪影。他又拿起一块。“我猜你们还没听说今天发生的那起惨祸吧。”他说。

“噢，亲爱的，”谢里丹太太说着，抬起了手，“我们听说了。那件事差点毁了我们的茶会。劳拉非让我们把宴会延期不可。”

“噢，妈妈！”劳拉不想因为这件事受到嘲弄。

“不管怎么说，那真是件可怕的事。”谢里丹先生说，“那个小伙子已经结婚了，就住在下面的小巷里。听他们说，他撇下了妻子和五六个孩子。”

餐桌上出现了一阵短暂的、令人尴尬的沉默。谢里丹太太心神不安地摆弄着手里的茶杯。爸爸的话真是太不明智了……

突然，她抬起头来。桌子上还有很多没动过的三明治、蛋糕和泡芙，都要浪费了。她想到了一个绝妙的主意。

“有了，”她说，“我们装一个篮子。把这些好好的、没动过的食物送给那个可怜的人儿。无论如何，那些孩子们可以大吃一顿了。你们觉得呢？而且，肯定会有邻居去看望她之类的。有这么多现成的食物多好啊。劳拉！”她跳起来，“把那个大篮子拿给我，就在楼梯下面的橱柜里。”

“可是，妈妈，你真的觉得这是个好主意吗？”劳拉说。

多奇怪呀，她的想法又和大家不一致了。拿些宴会的残汤剩饭送去，那个可怜的女人真的会愿意吗？

“当然了！你今天是怎么了？一两个钟头之前还让我们有点同情心，现在却——”

唉，好吧！劳拉跑去拿篮子。妈妈把篮子装得满满的。里面的东西堆得高高的。

“你自己送去吧，亲爱的，”妈妈说，“你可以一路跑着去。不，等一下，把那些马蹄莲也带上吧。她们那些人特别喜欢马蹄莲。”

“花梗会把她的蕾丝连衣裙弄坏的。”讲求实际的乔斯说道。

确实如此。提醒得太及时了。“那么就只拿篮子吧。还有，劳拉！”妈妈跟着她出了帐篷，“千万不要——”

“你说什么，妈妈？”

不，还是不要给孩子灌输这些想法为妙吧！“没事了，快去吧！”

劳拉关上花园的大门时，天色已近黄昏。一只大狗像影子一样从她身旁跑过。道路闪着白光。下面洼地里的那些小房子笼罩在黑影中。这个下午过后，一切显得那么安静。现在她要走下坡去，去一个地方。那儿有个人死了。而这一切她却无法了解。为什么无法了解呢？她停了一分钟。那些热情的亲吻、那些欢声笑语、那些勺子的叮当声和踩过的草地的气味充满了她的脑海，再也装不下别的东西了。多么奇怪呀！她仰望着黯淡的天空，心里只有一个想法："是的，这是最成功的一次宴会。"

穿过大路就是那条小巷了。小巷里烟雾弥漫，又黑又暗。披着围巾、戴着男士花呢软帽的女人们匆匆走过。男人们靠在栅栏上。孩子们在门口玩耍。从这些破旧的小房子里发出低低的嘈杂声。有些人家的屋里灯光摇曳，螃蟹一般的影子从窗前走过。劳拉低着头，加快了脚步。她真后悔自己没穿件外套。她的裙子太耀眼了！还有那顶系着丝绒饰带的大帽子——换一顶就好了。人们是在盯着她看吗？一定是。来这儿是个错误。她早就知道这是个错误。要不要现在回去呢？

不行，太迟了。眼前就是那家的房子。错不了。门外黑乎乎的，站着一堆人。门口的椅子上坐着一个老迈的妇人，脚底下踩着报纸，手里拄着拐杖，四处望着。劳拉一走近，人群马上安静下来。他们让出一条路，好像早就知道她要来，一直在等着她似的。

劳拉紧张极了。她把丝绒缎带甩到肩膀后面，问站在旁边的一个女人："这是斯考特太太家吗？"那个女人带着古怪的笑容说道："是的，姑娘。"

噢，我要离开这儿！可是，当她沿着小径走上前去敲门时，她说的却是："上帝啊，帮帮我吧。"她想远远地躲开那些注视着她的目光，或找个什么东西把自己盖起来，哪怕用其中一个女人的披肩也行啊。放下篮子我就走，她暗自思忖。我没必要等到他们把篮子里的东西吃光。

门开了。黑暗中出现了一个身材瘦小的黑衣女人。

劳拉问道："你是斯考特太太吗？"女人的回答让劳拉惊恐不安："请进来吧，小姐。"接着，她被关在了过道里。

"不，"劳拉说，"我不进去了。我只是把篮子留在这儿。妈妈让我——"

黑暗的过道里的这个小女人似乎没听到她的话。"这边请，小姐。”她用一种讨好的声调说道。劳拉只好跟着她。

劳拉来到一间低矮简陋的厨房。厨房里点着一盏冒烟的油灯。一个女人坐在火炉前面。

“埃姆，”领她进来的那个小女人说道，“埃姆！这是位小姐。”她转身朝向劳拉，然后，意味深长地说：“我是她的姊妹，小姐。你不会怪她的，对吗？”

“噢。当然不会！”劳拉说，“千万，千万不要打扰她。我——我只是想留下——”

但是这时，火炉边的女人转过头来了。她的脸又红又肿，两只眼睛和嘴唇也是肿的，看起来很吓人。她似乎不明白劳拉为什么会在这儿。这是什么意思？为什么这个陌生人要提着篮子站在厨房里？这一切都是怎么回事？她那张可怜的脸又皱成了一团。

“好吧，亲爱的，”另外那个女人说道，“我来答谢这位小姐。”

她接着说：“你不会怪她的，小姐，这个我知道。”她的脸也是肿的，勉强挤出一个讨好的笑容。

劳拉只想快点出去，走得远远的。她回到过道里。一扇门开着。她径直走进去，却发现原来是卧室，死去的那个人就躺在里面。

“你想看看他，是吗？”埃姆的姊妹说着，从劳拉身边挤过去，来到床前，“别害怕，姑娘。”此时，她的声音和善中还带着几分调侃的意味。她温柔地拉下被单——“他看起来挺像样的。什么也显示不出来。过来吧，亲爱的。”

劳拉走上前去。

一个年轻人躺在那儿，正在酣睡。他睡得很香，睡得很沉，感觉离她们俩很遥远。噢，那么遥远，那么平静。他正在做梦。千万不要叫醒他。他的头陷在枕头里，双眼紧闭。在合拢的眼皮下，他什么也看不见。他已经进入了甜美的梦乡。那些花园茶会、食物篮子和蕾丝连衣裙跟他又有什么关系呢？他已经远离这一切了。他是奇妙的、美好的。当人们还在欢笑、乐队还在演奏的时候，这个奇迹悄悄降临到小巷里。幸福……快乐……一切安好，那张熟睡的脸说道。一切本该这样。我很满足。

不管怎么说，还是得哭两声。而劳拉也不能不跟他说句话就离开。她像孩子般发出了一声响亮的呜咽。

“很抱歉，我不该戴这顶帽子。”她说。

这一次，她没等埃姆的姊妹，自己出了门，沿着小径，走过黑乎乎的人群。在小巷的拐角，她遇见了劳瑞。他从黑影中走出来："是你吗，劳拉？"

"是的。"

"妈妈有点担心了。一切顺利吗？"

"是的，挺顺利的。噢，劳瑞！"她挽着他的胳膊，靠在他身上。

"喂，你在哭吗？"哥哥问道。

劳拉摇了摇头。她的确在哭。

劳瑞搂着妹妹。"别哭了，"他温暖的声音里饱含爱意，"可怕吗？"

"不，"劳拉呜咽道，"简直太神奇了。但是，劳瑞——"她停下来，望着哥哥，"人生是不是，"她期期艾艾地说，"人生是不是——"但人生是什么，她却无法解释。没关系，他都明白。

"是啊，亲爱的。"劳瑞说。

多么精彩的故事啊！

在提问之前，先来了解一下背景知识。凯瑟琳·曼斯菲尔德是一位新西兰作家，尽管，她成年以后大部分时间都是在英国度过的。她创作过不少脍炙人口的故事。不幸的是，因为肺结核，她英年早逝。很多人把她视为短篇小说领域里的大家。《花园茶会》出版于 1922 年。次年，她离开了人间。

现在，准备好回答这些问题了吗？

第一个问题：这个故事的主题思想是什么？

曼斯菲尔德想通过这个故事表达什么思想？你认为这个故事的意义在哪里？

第二个问题：故事的主题思想是如何表现的？

曼斯菲尔德运用了哪些词汇、思想和意象来表达这个故事的主题？换言之，她都运用了哪些要素让你理解这个故事的主题？

好，整个基本规则如下。

1. 仔细阅读。

2. 利用你在本书或者其他地方学到的方法来解读这个故事。

3. 只看故事本身，不要参考其他资料。（不要去读别人或者是语文老师对该故事的看法。）

4. 不要去偷看本章之后的内容。

5. 把自己的想法写下来。至于字迹是否工整，拼写是否正确，并不重要，重要的是你的观察。把整个故事好好想一想，把自己的见解记下来。然后，回来，大家一起交流一下。

好了，大家都回来了。时间不长嘛。看来不是很难啊。

你们不在的时候，我把故事发给了我认识的几名大学生。我把其中三人的反馈说给你们听听，看看他们的想法是否和你的相似。

第一名同学说："我知道那个故事。我们大三的时候读过。写的是一个住在山上的富裕家庭，他们对山下洼地里的工人阶级的贫困生活一无所知。"我接触过的学生，大都注意到了这一点。的确不错。故事的美妙之处就在于大家都读懂了，读懂了其中最重要的东西，看到了家庭与阶级之间的冲突。

第二名同学的答案要长一些。

要不要举办这个花园茶会，这个是很重要的问题。主人公左右为难，她知道别人对她的期望是什么，也知道自己的真实感受是什么。她选择了勇敢去面对。她把花园茶会剩下的食物拿到居丧期间的寡妇那里，面对可怕的人生现实。之后，她去她的哥哥那里寻找安慰，因为她哥哥可能是唯一一个了解情况的人。然而，她并没有从他那里得到答案，因为答案根本就不存在。

这个看法很好。现在，很多东西开始显现出来了。两名读者都发现了故事的中心思想，即劳拉渐渐明白了阶级差异和势利行为在她的世界里所扮演的角色。

现在，看看第三名同学的看法。

故事的主题思想？

曼斯菲尔德的《花园茶会》表现了社会阶层之间的冲突。具体而言，它表现的是人们如何把自己和外面的世界隔离开，如何在两者之间挂上绝缘的幕帘（在他们这里，是丝绒缎带）。

故事的主题思想是如何体现的？

鸟与飞行。

曼斯菲尔德利用鸟与飞行这个比喻，表明谢里丹一家是如何把自己和下层阶级隔离开的。乔斯是一只“蝴蝶”；谢里丹太太的声音“飘”着；劳拉必须“越过草坪，沿着小路跑上台阶，穿过阳台来到门廊”，才能够到达她那里。他们都栖息在高高的山上，山下则是小小的村庄。可是，劳拉是一个羽翼未丰的孩子。她妈妈做出了让步，鼓励她飞来飞去，为花园茶会做准备。然而，劳拉的翅膀过于稚嫩，她“把双臂举向空中。她做了个深呼吸，又伸了个懒腰，这个把手放下”，之后，又叹了一口气。她的表现让一旁干粗活的工人都没忍住，“低下头对劳拉笑”。劳拉落在了地上，一只脚站在下层社会里，成了他们的“邻居”。她没有完全和他们隔离。如果劳拉要上升到和她的家人一样的阶层地位，那么，她还需要继续接受教育。

像哥哥姐姐一样，她需要向母亲学习。谢里丹太太教劳拉如何举办花园茶会，更重要的是，教她贵族是如何看世界的。就像鸟妈妈教小鸟练飞翔一样，谢里丹太太鼓励劳拉天马行空，独来独往。不过，后来，她发现，劳拉太嫩了，社会经验不足，需要大人的干预。当劳拉因为马车夫之死央求她的母亲取消花园茶会时，谢里丹太太给了她一顶新帽子，成功地转移了她的注意力。

劳拉把她的同龄人以及来参加花园茶会的人都看成是“鸟儿”。它们中途飞落在谢里丹家的花园里度过一个下午，然后启程飞去——飞去哪儿呢？答案是未知的。山下下层阶级的村庄有危险。小时候，谢里丹家的孩子是“绝对不准去那儿的”。有一户人家，“前院摆满了小小的鸟笼子”。对于如同高高飞翔的鸟儿一般的上流社会的人们来说，那些鸟笼代表着一种威胁。

不过，现在到了劳拉一试伸手的时候了。谢里丹太太把她从“鸟巢”里推了出去，让她到山下的村庄里去，把一篮子剩下的食物送给可怜的寡妇。劳拉的良心受到震撼。她离开了自己安全舒适的家，穿过村庄的“大路”，成了一名过世的男人家里的“笼中鸟”。她的外貌让她感到坐立不安。她的皮肤十分光滑，和村里人的截然不同。她开始意识到，她不属于这里，而这种认识让她大惊失色。她要逃出去，但又不得不看着眼前这个死去的男人。看着看着，她选择了肯定自己的生活方式，根本无视男人的死亡给这个家庭带来多么大的负面影响。她觉得，他的死与“花园茶会、食物篮子和蕾丝连衣裙”毫无关系，她完全脱离了道德层面。这一事实是“让人诧异的”，劳拉学会了上层社会看待世界的方式。

哇，观察得好仔细，表述得好得体。事实上，他们三人对故事的反应都集中在钱财上面。如果你的反应和他们的一致，那就给自己打个A吧。

现在，轮到我了。

看看书的题目：《花园茶会》。刚才提到的3名同学也考虑过这个问题，只是他们都把重点放到“会”字，即“聚会”上了。就我个人而言，我看中的是中间那个字“园”，即“花园”。我喜欢一边看着花园，一边思考着与其相关的问题。

故事里，我首先注意到的是“理想”这个词。“那天的天气可算是非常理想。”谈到天气，能配得上“理想”二字的不多。那天的天气简直再“理想”不过了。天上万里无云。后来，这样完美的下午就像水果或者花儿一样，慢慢“开放”了，渐渐“凋谢”了。那时，我们看到花园里到处是鲜花，这和花园茶会的气氛非常吻合。玫瑰一夜之间竞相开放，仿佛有魔法一般。

当我看到一个像这座花园一样虚幻、完美、像施了魔法般的环境时，我急于想知道它的主人是谁。这倒没有什么神秘可言。大家都照着谢里丹太太的吩咐行事。这就是她的花园。多好的花园啊！园子里百花盛开，姹紫嫣红，有几百朵玫瑰，有百合花圃，有卡拉卡树，有薰衣草，还有一盆又一盆的美人蕉。在谢里丹太太眼里，美人蕉越多越好。

就连客人也成了花园的一部分。他们在草坪上漫步，在花前逗留，欣赏一番，看上去像是园子里“快乐的小鸟”。谢里丹太太的帽子——后来送给了劳拉——上面有很多“金色雏菊”。显而易见，她是这座园子的女王，或者说是女神。

食品也在谢里丹太太的管辖之下。她统管花园茶会的食物，如 15 种不同口味的三明治、奶油泡芙和百香果冰激凌等。当然，4 个孩子也在她的管辖之下。谢里丹太太就像一位巡视领地，掌管植物、食物与孩子的女王。这听上去像生育女神一样，不过，由于生育女神有各种各样的，我们需要搜寻更多的信息以确定是哪一位。

继续说说那顶帽子。帽子是黑色的，上面装饰着黑色丝绒缎带和金色雏菊。这顶帽子和花园茶会的气氛很不相衬，与死去的男人家里的气氛更是不相合。然而，让我感兴趣的不是帽子本身，而是帽子的主人。帽子是谢里丹太太买的，可是，她坚持把它送给劳拉，说自己“戴太年轻了”，不合适。尽管劳拉不喜欢，她还是接受了，而且，后来还被自己镜子里“可爱迷人”的样子所折服。

毫无疑问，劳拉看上去的确很迷人，然而，她的迷人之处在一定程度上源自他人。当一个年轻人拥有了一名年长者的法宝（权力和地位的象征），她自然而然地也就拥有了年长者的部分权力。无论那个法宝是父亲的外套、导师的利剑、老师的钢笔或者是母亲的帽子，都是如此。

由于帽子来自谢里丹太太，所以，劳拉和妈妈立刻变得十分亲密，这一点她的哥哥姐姐没法和她比。客人告别时，是她站在妈妈的身旁。另外，被派去给寡妇送剩饭的也是她。

现在，让我们来看一看劳拉的行程。山上那个完美的下午就要过去了，“劳拉关上花园的大门时，天色已近黄昏”。当她往外走时，天色变得越来越黑了。山下谷地里的村庄笼罩在“黑影”里，小巷里也是“烟雾弥漫，又黑又暗”。此时，她后悔没穿外套，因为她的连衣裙在周边沉闷的环境里显得太突出。进了死去的男人的宅子之后，她沿着“黑暗的过道”来到厨房，厨房里“点着一盏冒烟的油灯”。离开时，她从“黑乎乎的人群”身旁经过，来到拐角处。那里，她的哥哥劳瑞“从黑影中”迎了出来。

这里，有很多奇怪的事情需要注意。比如，在去往小巷的路上，劳拉看到一只大狗“像影子一样从她身旁跑过”。来到下面的洼地，她穿过“大路”，进入了凄凉惨淡的小巷。到了那里，她看到一名老妇人坐在那里，身旁有一根拐杖，双脚放在报纸上。当老妇人说起这座房子的确属于那个死去的男人时，她“带着古怪的笑容”。尽管劳拉不想目睹死去的男人的遗容，但是，当被单拉开时，她发现他“是奇妙的、美好的”。最后，劳瑞等在小巷的一头（似乎那个男人无法到达那里似的），因为“妈妈有点担心了”。

刚才发生了什么事情？

正如我的学生注意到的，首先，劳拉看到了另一半人是如何生活、如何死去的。这个故事最重要的一点是她遇见了下层阶级的生活方式，以及这给她这个养尊处优的阶层的人的看法和成见所带来的巨大挑战。其次，这个故事讲的是一个年轻姑娘成长的经历，其中包括她第一次看到一个男人的死去。不过，我觉得，事情远非如此。

我觉得，劳拉刚刚去地狱里走了一遭。

没错，冥府。那里是冥界，是死人的世界。

不仅如此。她不是以劳拉·谢里丹的身份去的，她是以珀尔塞福涅的身份去的。我知道你们此刻想的是什么：他疯了。这不会是第一次，也不会是最后一次。

珀尔塞福涅的母亲是德墨忒耳，是掌管农业、婚姻、生育的女神。食物，鲜花，儿童。这听起来是不是让你想到了另一个人？

现在，让我们快速了解一下这个神话吧。德墨忒耳有一位美丽的女儿，名叫珀尔塞福涅。珀尔塞福涅被冥神哈德斯绑架了，他要娶她为妻。在冥界，她吃了六粒石榴籽。任何人只要吃了冥界的东西，就要永远待在那里。看来珀尔塞福涅要永久和哈德斯待在一起了。可是，她的妈妈因为失去女儿痛不欲生。当掌管宇宙生物的女神痛不欲生时，整个地球都感觉到哀伤。植物枯萎凋零，花儿不见了，果实不见了。每个人都面临饿死的危险。这时，别的神灵出现了，达成了一致：珀尔塞福涅每年在冥界待六个月，这是因为她一共吃掉六粒石榴籽，一粒一个月。剩下的半年和她妈妈生活在上界。因此，当珀尔塞福涅和德墨忒耳待在一起时，我们就有了夏天、阳光、生长和五谷丰登。当她又回到冥界时，我们便有了秋天、冬天、寒冷和不毛之地。

当然，我们知道，这个神话解释了四季更迭的原因。什么样的文明会没有解释它的神话呢？然而，这并非是这个神话的全部含义。它还解释了一个人从清纯少女到成年人的整个过程。这是很大的一个跨越，因为它牵扯到面对死亡和理解死亡的过程。

你可能会问，这怎么就让劳拉成了珀尔塞福涅呢？首先，她妈妈和德墨忒耳就非常相像。一旦联想到鲜花、食物和儿童，我想，这一点就再明显不过了。另外，你们应该记得他们也住在山上，就像德墨忒耳和其他希腊众神居住在奥林匹斯山上一样。

其次，是二者都有一段从山上下来，进入一个充满阴影、烟雾和黑暗世界的旅途。劳拉穿过一条“大路”，就像你必须穿过斯堤克斯河才能进入冥府一样。要进入冥府，你必须经过把守冥府的三头犬刻耳柏洛斯。此外，还必须有进入冥府的门票。（对于特洛伊勇士埃涅阿斯来说，那张门票就是金枝，也就是带着金叶子的树枝。）噢，有个向导也不坏。劳拉在门口遇到了狗，而她的金枝就是她帽子上的金色雏菊。至于向导，劳拉的向导就是带着古怪笑容的老妇人。再者，劳拉对死去男人的赞赏也暗示着婚姻。像珀尔塞福涅一样，劳拉和冥府——死人的世界——之间产生了联系。

那么，你是不是也纳闷，为什么要把这个故事和三四千年前的事情联系在一起？原因很多。

记住，珀尔塞福涅这个神话讲的是一个少女如何踏进成人世界。要想成为成人，她必须对性爱（她结婚了）和死亡（她的冥府之旅）有基本的了解。劳拉对那些来搭帐篷的工人的喜欢，远远胜过那些来参加周日晚宴的年轻人以及她姐妹们的追求者。后来，她发现死去的男人很美丽。她的这一反应牵扯到死亡和性爱两个方面。在故事的结尾，她挣扎着告诉劳瑞有关生命的一些东西，但是，没能说完。“人生是不是——”她结结巴巴地说道。此时，她深深地沉浸在死人的世界中，无法讲出与人生有关的东西。通过这个讲述一个少女进入成人世界的历程的古老故事，曼斯菲尔德让劳拉的故事带上了神话的色彩和力量。

当珀尔塞福涅从冥府返回时，她在某种程度上已经变成了她的妈妈。某些希腊仪式并不区别对待珀尔塞福涅和德墨忒耳。如果你的妈妈真的是德墨忒耳，那也许是一件好事。如果你的妈妈是谢里丹太太，那可就不妙了。戴着妈妈的帽子，提着妈妈的篮子，劳拉也就有了妈妈看问题的视角。尽管劳拉自始至终都在和家族的势利行为抗争，然而，她无论如何也没能挣脱开它的影响。当她最终看到劳瑞，和他一起回家时，她如释重负。这表明，她试图成为自己、想自己所想思自己所思的努力没有完全成功。这一点，我们从自己的人生经历中都能看得到。是的，无关好坏，谁又能否定父母在我们生活中的影子？

如果你没有看清故事里的这一切，那又会怎么样呢？如果你只是把它当成一个普普通通的故事——一个少女去了一个不该去的地方，并由此对她生活的世界有所了解的简单故事，那又会怎么样呢？那也没有什么。那只是一次探险而已。首先，这个故事最重要的仅仅是告诉我们劳拉发生了什么事情。能理解这一点就是一个很好的开端。

接着，如果你开始考虑故事里意象的模式（鲜花、夏天、光线、完美、黑暗、影子、狗、尸体等），那么你会发现，还有很多别的事情正在同时发生着。你的想法和我的想法以及我引用的几位同学的看法未必一致。然而，只要你认真地去阅读、思考，你就会有自己的想法，而这些想法会反过来加深你对故事的理解。

那么，这个故事想表达的究竟是什么呢？很多，很多。它抨击了阶级制度。它讲的是一个少女进入充满性爱和死亡的成人世界的故事。它是对家庭关系的一种有趣的探索。它讲的是一个孩子在父母强大而无法抗拒的影响下，挣扎着想要成为一个独立的人的感人故事。

除此之外，对于这么一个简单的故事，我们还能有其他更多、更高的要求吗？

跋

过去，写诗有个传统，那就是，在一首长诗或者一本诗集的最后加上一个小节。之所以说是一个小节，是因为它比别的诗节都要短一些。这种例行的“告别词”叫作“跋（envoi）”，或者“结尾诗节”。“envoi”这个单词来自法语“envoyer”，意思是“送别”等。

同样，我这里也有一些临别前要送给你的话语和想法。

首先，我的忏悔与温馨提示：如果这本书给你留下这样的印象（假如你读到了书的末尾），即我已经穷尽了文学的创作手法或者解读方法，那么，我要在此向你道歉。这是不可能的。事实上，我充其量不过是触及皮毛罢了。

比如，我怎么能忘记“火”这个元素呢？不知为什么，我一时真的没有想起来。当然，还有很多话题没有涉及。作家不可能把所有元素都揉到一本书里，读者也不可能对此一一深究。我敢肯定地说，我可以把这本书的厚度增加一倍；同样，我还敢肯定地说，没有哪个读者希望如此。

因此，这本书不是作者创作大全，也不是读者解读大全。事实上，它只是一个提纲，一种模式，一本帮助你破解密码的指南。

其次，你很幸运。其他的解读密码？根本不需要，至少，没必要一一列出。有时，在阅读中，你会下意识地去寻找模式或者象征。某些单词或者意象一旦出现，你想不注意都不行。

你可以去分析火或者马。书中人物骑马的历史少说也有几千年了。骑马而不是步行究竟意味着什么？想想《伊利亚特》里的狄俄墨得斯和奥德赛从色雷斯人那里盗马的故事；想想独行侠在白马上挥手的情景；想想理查三世哭着喊着要马的场面；想想《逍遥骑士》中丹尼斯·霍珀和彼得·方达骑着摩托车在路上飞奔的画面。可见，马、骑马和赶马还是有区别的。明白了吧？相信你没问题。

再次，提一点小小的建议。在附录的阅读书目中，我谈到了有关“延伸阅读”的一些建议。这些建议比较凌乱。我的意思，当然不是说，你只能读我推荐的书目，而不去读其他的书籍。我推荐的大都是我们书里提到过的，我个人钟爱的，而且，我觉得你可能也会喜欢的。

不过，我最大的建议是：读自己喜欢的书籍。没必要拘泥于我列出的书单。到书店或者图书馆去走走，找你喜欢读、读得懂的小说、戏剧和短篇故事。我读的大部分书籍都是我在书架上偶然翻到的。阅读必须是愉快的，阅读是玩的一种方式。所以，亲爱的读者，玩起来吧，玩起来。

再见。

阅读书目

到目前为止，我把很多书名和诗名塞给你了，有时速度之快，让人目不暇接。这可能会使你感到异常兴奋，激励你去阅读更多的书籍；也可能使你感到愤怒，于是，你开始责备那些作家和作品，因为他们使你显得腹中空空。不过，不要有这种感觉。不了解一个作家或者一部作品，只能说明你暂时还没有读到而已。我每天都能碰到新的作家、新的作品，很多都是压根儿就没听说过的。

这里给大家推荐的书目，要么是书中提到的，要么是应该提到而未提及的，或由于篇幅限制未能提到的。这些书籍有一个共同点，那就是，读者都能从中学到很多东西。我本人就是如此。

这不是说我推荐的书比别的书好，或者，《伊利亚特》比查尔斯·狄更斯的作品好。当然，哪些书好，为什么好，我自有判断，可是，与我推荐的书目无关。我推荐这些书的目的只有一个，那就是，只要你读了，你的学识就会变得更加渊博。仅此而已。我们都是读书人，我是，如果你已经阅读到了这里，那么你显然也是。教育与班级、学分有关，而学习则真真正正是为了自己。幸运的话，教育与学习会相辅相成。如果只能选择其中一个，我选择学习。

另外，阅读我推荐的书目还有一个好处，那就是，你会很开心，很愉快。这个我可以保证。当然，我不能保证每个人都会喜欢每一本或者说我和你的口味完全一致。但是，我可以保证的是，这些书都很有趣。我们经常谈到文学作品，其实，文学就是玩儿。如果你无法从阅读小说、戏剧、短篇故事、诗歌中获得乐趣，那一定是出了问题。如果读一本小说就像一场斗争，干脆别读。毕竟，读它并不会让你获得钱财，不读也不会导致你失业。所以，要读，就要愉快地去读。

初级书目：

路易莎·梅·奥尔科特，《小妇人》(Louisa May Al-cott, *Little Women*，1868—1869)。四姐妹的故事，其中一人亡故。

W. H. **奥登，《美术馆》(W. H. Auden, "*Musée des Beaux Arts*"**，1940)。对人类苦难的思考，基于彼得·勃鲁盖尔的一张名画。当然，奥登还有许多其他的诗歌杰作。

塞缪尔·贝克特，《等待戈多》(Samuel Beckett, *Waiting for Godot*，1953)。有路，但是，主人公却不走。这有什么含义吗?

莉芭·布雷，《选美皇后》(Libba Bray, *Beauty Queens*，2011)。会让你重新审视那些有关服装、香波和化妆品的电视商业广告，你会问自己究竟都买了些什么。此外，该书非常有趣。

弗朗西丝·霍奇森·伯内特，《小公主》(Frances Hodgson Burnett, *A Little Princess*，1905)，**《秘密花园》(*The Secret Garden***，1911)。这两本书可能显得有些古老，但是，这可能是第一本我们能从中看到真正的儿童（他们时好时坏，但是，都很有趣），而不是“做了好事有奖赏，做了坏事受惩罚”的样板娃娃的书。

杰弗里·乔叟，《坎特伯雷故事》（**Geoffrey Ch-aucer, *The Canterbury Tales***，1384）。除非你学过中古英语，否则，最好读现代版的。不过，两种版本都不错。有趣，心碎，温暖，讽刺，一群各种各样的人们在一起，一边赶路一边讲故事，什么事情都可能发生。

罗伯特·科米尔，《巧克力战争》（**Robert Cormier, *The Chocolate War***，1974）。不是每位读者都认同科米尔灰色的世界观。不过，有权有势的人的确在糟蹋这个世界。事实上，该书是对这一残酷现实最真实的写照。

罗尔德·达尔，《查理和巧克力工厂》（**Roald Dahl, *Charlie and the chocolate Factory***，1964）。在达尔的世界里，幽默与对人性的险恶评断同在。该书诙谐风趣，同时，又令人不安。的确不错。

查尔斯·狄更斯，《圣诞颂歌》（**Charles Dickens, *A Christmas Carol***，1843）。狄更斯是最有人情味的作家。他相信人，即便他们有这样那样的缺点。

沙伦 . M. 德雷珀，《罗密艾与胡里奥》（**Sharon M. Draper, *Romiette and Julio***，1999）。如果《西区故事》还不过瘾的话，那么，就看看这本书把，看看作者是如何从另一个角度诠释莎士比亚的经典作品的。

尼尔·盖曼，《坟场之书》（Neil Gaiman, *The Graveyard Book*，2008）。有趣，恐怖，机灵。

威廉·戈尔丁，《蝇王》（William Golding, *Lord of the Flies*，1954）。读完后，对文明、人性会有全新的认识。

洛琳·汉斯伯里，《阳光下的葡萄干》（Lorraine Hansberry, *A Raisin in the sun*，1959）。集种族、阶级、家庭问题于一身的好剧。

欧内斯特·海明威，《永别了，武器》（Ernest Hemingway, *A Farewell to Arms*，1929），**《老人与海》（Homer, *The Iliad and The Odyssey*** from the eighth century B. C.，1952）。

荷马，《伊利亚特》《奥德赛》（公元前 8 世纪）。《奥德赛》对于当代读者来说可能容易一些，不过，两本书同样伟大。每次我讲授《伊利亚特》时，都有学生说："没想到这个故事如此动人。"

维克多·雨果，《巴黎圣母院》（一译《钟楼怪人》）（Victor Hugo, *The Hunchback of Notre Dame*，1831）。

华盛顿·欧文，《瑞普·凡·温克尔》（Washington Irving, "*Rip Wan Winkle*"，1819）。欧文是最早认真思考

“何为美国人”这一问题的作家之一。

亨利·詹姆斯,《黛西·米勒》(Henry James, “*Daisy Miller*”, 1878)。讲的是人类相互毁灭的故事。

拉迪亚德·吉卜林,《丛林之书》(Rudyard Kipling, *The Jungle Book*, 1894)、**《丛林之书 2》(*The Second Jungle book*,** 1895)。

C. S. 刘易斯,《纳尼亚传奇狮子·女巫和魔衣柜》(C. S. Lewis, *The Lion, the Witch and the Wardrobe*, 1950)。

斯蒂芬妮·梅尔,《暮光之城:暮色》(Stephenie Meyer, *Twilight*, 2005)。这个不需要我提醒你去看吧?

埃德加·爱伦·坡,《厄舍府的倒塌》(Edgar Allan Poe, “*The Fall of the House of Usher*”, 1839),**《红死魔的假面舞会》(“*The Masque of the Red Death*”,** 1842)。坡的短篇小说(以及诗歌)拥有噩梦般的严密逻辑,以及那些我们内心无法压制更无法控制的可怕念头。

J. K. 罗琳,《哈利·波特与魔法石》(J. K. Rowling, *Harry Potter and the Sorcerer's Stone*, 1998)。无须提醒,你也会去看该系列的其他故事。

威廉姆·莎士比亚(William Shakespeare 1564 –

1616, ***Hamlet, Romeo and Juliet, Julius Caesar, Macbeth, King Lear, Henry V, A Midsummer Night's Dream, Much Ado about Nothing, The Tempest, A Winter's Tale, As You Like It, Twelfth Night***）。自己选吧。不过，我的选择如下：《哈姆雷特》《罗密欧与朱丽叶》《尤利乌斯·凯撒》《麦克白》《李尔王》《亨利五世》《仲夏夜之梦》《无事生非》《暴风雨》《冬天的故事》《皆大欢喜》《第十二夜》等。还有十四行诗，最好通读一遍，毕竟，每首诗只有 14 行。我最喜欢第 73 首，当然，好的有的是。

玛丽·雪莱，《科学怪人》（**Mary Shelley, *Frankenstein***，1818）。这个怪物不仅仅是怪而已。他还对他的创造者以及维克多·弗兰肯斯坦生存的社会发表了看法。

索福克勒斯，《俄狄浦斯王》《俄狄浦斯在科洛尼斯》《安提戈涅》（**Sophocles, *Oedipus Rex, Oedipus at Colonus, and Antigone*** fifth century B. C.，**公元前 5 世纪**）。这三部剧构成了一个三部曲，描写的是一个注定要遭殃的家庭的际遇。第一部（实际上是西方文学中真正意义上的第一部侦探小说）讲的是失明与视力的故事，第二部讲的是流浪的过程与终点的故事，第三部是对权力、爱国以及个人道德的反思。这三部曲迄今已有 2400 多年，仍然魅力不减。

罗伯特·路易斯·史蒂文森，《化身博士》（Robert Louis Stevenson, *The Strange Case of Dr. Jekyll and Mr. Hyde*， 1886）。史蒂文森把自我分成“好”“坏”各一个。

布莱姆·斯托克，《德古拉》（Bram Stoker, *Dracula*， 1897）。什么？读这个还需要理由吗？

苏斯博士，《绿鸡蛋和火腿》（Dr. Seuss, *Green Eggs and Ham*， 1960），**《圣诞怪杰》（*How the Grinch Stole Christmas*，** 1957）。要是小时候没有读过，现在回去补补课吧。

西奥多·泰勒，《珊瑚岛》（Theodore Taylor, *The Cay*， 1969）。书不厚，但内容丰富，包括童年、成长、种族、种族主义、战争、幸存等问题。

马克·吐温，《哈克贝利·费恩历险记》（Mark Twain, *Adventures of Huckleberry Finn*， 1885）。近几十年来，可怜的哈克频频受到批判。是的，书中的确出现了那个种族主义字眼（可是，对于一部描写种族主义社会的作品来说，这并不奇怪），然而，哈克·费恩身上体现出来的纯粹的人性则是别的作品中很难见到的。它是跨越时空的“路友”故事，即便这里的路是“水路”。

尤朵拉·韦尔蒂，《我为什么住在邮局》（Eudora Welty, “*Why I live at the P. O.*”， 1941）。家庭，家庭，家庭——我们如何与家人共处。

劳拉·英格尔斯·怀尔德，《草原小屋》系列。家庭意味着什么？开荒意味着什么？两个值得深思的问题。

生活不能没有童话：

《睡美人》《白雪公主》《奇幻森林历险记》《长发公主》《侏儒怪》。

值得细看的电影：

《淘金热》（***The Gold Rush***，1925）、《摩登时代》（***Mo-dern Times***，1936）。查理·卓别林是有史以来最伟大的电影喜剧明星。没有之一。

《美人计》（1946）、《西北偏北》（***Notorious, North by Northwest***，1959）、《惊魂记》（***Psycho***，1960）。总有人在模仿希区柯克。还是看“本尊”吧。

《逃狱三王》（***O Brother, Where Art Thou?*** 2000）。不仅仅是对《奥德赛》的重塑，还是一部伟大的“路友”影片，片中的音乐是典型的美式音乐。

《苍白骑士》（***Pale Rider***，1985）。克林特·伊斯特伍德对神话中复仇天使的完美演绎。

《夺宝奇兵 1》（***Raiders of the Lost Ark***，1981）、《夺宝奇兵 2：魔域奇兵》（***Indiana Jones and the Temple of Doom***，1984）、《夺宝奇兵 3：圣战奇兵》（***Indiana Jones and the Last Crusade***，1989）。这些都是伟大的探险故事。寻找“约柜”或者“圣杯”，本身就是探险。把印第安纳·琼斯的皮夹克、软呢帽和鞭子拿走，换上锁子甲、头盔和长矛，看看他和高文爵士是不是很像。

《星球大战》（***Star Wars***，1977）、《星球大战 2：帝国反击战》（***The Empire Strikes Back***，1981）、《星球大战 3：绝地归来》（***Return of the Jedi***，1983）。乔治·卢卡斯执导的三部曲为我们呈现出不同类型的英雄和坏蛋。如果你了解亚瑟王传奇，那就更好了。就我个人而言，我根本不关心你是否能从中学到什么。不管怎么说，它们很好玩，值得一看。真的，值得一看。

《西区故事》（***West Side Story***，1957）。托尼和玛丽亚，“鲨鱼”与“火箭”，外加音乐剧所能提供的最好的音乐与舞蹈。

中文引进版参考

《小妇人》路易莎·梅·奥尔科 著，洪怡 译，上海译文出版社，2007.3

《奥登诗选：1927–1947》W.H. 奥登 著，马鸣谦 / 蔡海燕 译，上海译文出版社，2014.4

《等待戈多：贝克特全集 16》萨缪尔·贝克特 著，余中先 译，湖南文艺出版社，2016.8

《秘密花园》弗朗西丝·霍奇森·伯内特 著，李文俊 译，商务印书馆，2017.12

《小公主》弗朗西丝·霍奇森·伯内特 著，李文俊 译，译林出版社，2006.6

《坎特伯雷故事》乔叟 著，方重 译，人民文学出版

社，2004.1

《巧克力战争》罗伯特·科米尔 著，刘雪成 译，译林出版社，2012.2

《查理和巧克力工厂》罗尔德·达尔 著，任溶溶 译，明天出版社，2009.3

《圣诞颂歌》狄更斯 著，汪倜然 译，上海译文出版社，2009.12

《坟场之书》尼尔·盖曼 著，胡雅倩 译，四川科学技术出版社，2010.3

《蝇王》威廉·戈尔丁 著，龚志成 译，上海译文出版社，2014.12

《阳光下的葡萄干》洛琳·汉斯伯里 著，谢毅珺 周国庆 译，译言 古登堡计划提供电子版，豆瓣阅读发行，2015.12

《永别了，武器》欧内斯特·海明威 著，林疑今 译，上海译文出版社，2006.8

《荷马史诗·伊利亚特》荷马 著，罗念生 译，人民文学出版社，2003.1

《荷马史诗·奥德赛》荷马 著，王焕生 译，人民文学

出版社，1997.5

《巴黎圣母院》维克多 · 雨果 著，陈敬容 译，人民文学出版社，2003.1

《欧文短篇小说选》华盛顿 · 欧文 著，万紫 译，人民文学出版社，2004.1

《黛西 · 米勒》亨利 · 詹姆斯 著，高兴 / 邹海伦 译，浙江文艺出版社，2011.9

《丛林之书》鲁德亚德 · 吉卜林 著，张新颖 译，浙江文艺出版社，2018.2

《纳尼亚传奇：狮子、女巫和魔衣柜》C. S. 刘易斯 著，陈良廷 / 刘文澜 译，译林出版社，2005.11

《暮光之城：暮色》斯蒂芬妮 · 梅尔 著，覃学岚 / 孙郁根 / 李寅 译，接力出版社，2008.7

《爱伦 · 坡短篇小说集》埃德加 · 爱伦 · 坡 著，陈良廷 译，人民文学出版社，1998.2

《哈利 · 波特与魔法石》J.K. 罗琳 著，苏农 译，人民文学出版社，2014.10

《莎士比亚全集》威廉 · 莎士比亚 著，朱生豪 译，译林出版社，1998.5

《科学怪人》玛丽·雪莱 著，范颖 译，重庆出版社，2010.6

《索福克勒斯悲剧五种》索福克勒斯 著，罗念生 译，上海人民出版社，2016.5

《金银岛 化身博士》罗伯特·路易斯 史蒂文森 著，荣如德 译，上海译文出版社，2006.8

《德古拉》布莱姆·斯托克 著，李菲 译，上海社会科学院出版社，2016.12

《苏斯博士双语经典：绿鸡蛋和火腿》苏斯 著，中国对外翻译出版公司，2007.4

《哈克贝利·费恩历险记》马克·吐温 著，成时 译，人民文学出版社，2004.1

《草原小屋》劳拉·英格尔斯·怀尔德 著，宁凝 译，中国对外翻译出版公司，1999.8

《格林童话全集》格林兄弟 著，魏以新 译，人民文学出版社，2003.1

致 谢

如果要在此一一感谢促成此书的同学们，显然是不太现实的。不过，说句实话，如果没有他们的积极参与，此书绝对无法与大家见面。他们不断地提醒，质疑，问答，建言，促使我去思考，去观察，最终把研究的结果都写进了书里。有时，我会提出一些古怪的想法，然而他们却能耐心去听，这不能不让我感到惊讶；有时，我会提出一些生僻的观点，探讨一些深奥的作品，他们也愿意去尝试，这不能不让我感到满意。对于每一句日常评论、每一次有见地的提问、每一个聪明的点子、每一个呆板的眼神、每一句俏皮话、每一声对蹩脚笑话的叹息、每一阵笑声、每一次咆哮、每一次对文学作品的肯定或者否定，我都感激不尽。他们总是让我不断努力，不骄不躁。其中有几位同学参与了本书的构思，在此，我想对他们表示特别的感谢。莫妮卡·曼恩俏皮机敏地指出我说过不少有关文学的名言警句，她称它们为“托主席语录”，尽管我花了很多年才意识到自己可以利用它。玛丽·安·哈尔伯斯听了大部分讲义，提出了很多宝贵意见，使我的想法更加深刻。凯莉·托贝勒和戴安娜·塞勒甘当“试验品”，对凯瑟琳·曼斯菲尔德的作品做了非常深刻独到的解读，使我最后一章的内容变得更加完善。

我还要感谢我的同事，感谢他们的帮助、观点、鼓励和耐心。在此，我想特别感谢弗雷德里克·斯沃博达教授、斯蒂芬·伯恩斯坦教授、玛丽·尤·季慈曼教授和詹·福尔曼教授，他们阅读了书稿，提供了重要的信息和观点，愿意听我诉苦，随时指点迷津。他们的智慧、幽默和无私慷慨使我的工作变得轻松愉快，也使本书的质量得以大大提升。拥有这样出色敬业的同事是上天赐予的福分，他们使我显得比实际聪明了许多。不过，如果书中仍然存在这样那样的错误，那都是因为我自己能力有限。

我还要感谢我的经纪人菲斯·哈姆林、她的助理凯特·达林和哈珀·柯林斯的编辑尼古拉·斯考特，感谢他们对本书的信任，感谢他们的真知灼见。

和以往一样，我还要感谢我的家人，感谢他们的支持、耐心和爱。我的儿子罗伯特和南森分别阅读了部分章节，提出了自己的见解，让我提前对学生的反馈有了一定的了解。我夫人布伦达照顾我的日常起居，料理家务，使我可以全心全意投入写作之中。对他们三位，我谨致以衷心的感谢，并献上诚挚的爱。

最后，我要感谢缪斯女神。经过这么多年的阅读和创作，我至今不知道我的灵感来自何处。所以，为了我源源不断的创作灵感，我一定要好好感谢创作女神。

图书在版编目（CIP）数据

文学课：如何轻松理解伟大作品 / (美) 托马斯·福斯特著；江美娜，张积模译. — 北京：北京联合出版公司，2018.10（2026.1重印）

ISBN 978-7-5596-2337-9

Ⅰ. ①文… Ⅱ. ①托… ②江… ③张… Ⅲ. ①世界文学－文学欣赏－青少年读物 Ⅳ. ①I106-49

中国版本图书馆CIP数据核字（2018）第157639号

HOW TO READ LITERATURE LIKE A PROFESSOR FOR KIDS
By Thomas C. Foster

文学课：如何轻松理解伟大作品

著　　者：[美] 托马斯·福斯特
译　　者：江美娜　张积模
出 品 人：赵红仕
筹划出版：北京浪花朵朵文化传播有限公司
出版统筹：吴兴元
责任编辑：熊　娟
特约编辑：李茵豆
营销推广：ONEBOOK
装帧制造：墨白空间·曾艺豪

北京联合出版公司出版
（北京市西城区德外大街 83 号 9 层 100088）
天津中印联印务有限公司印刷　新华书店经销
字数 60 千字　889 毫米 ×1194 毫米　1/32　6.25 印张
2018 年 10 月第 1 版　2026 年 1 月第 7 次印刷
ISBN 978-7-5596-2337-9
定价：35.00 元

读者服务：reader@hinabook.com 188-1142-1266　　投稿服务：onebook@hinabook.com 133-6631-2326
直售服务：buy@hinabook.com 133-6657-3072　　官方微博：@浪花朵朵童书

后浪出版咨询(北京)有限责任公司　版权所有，侵权必究
投诉信箱：editor@hinabook.com　fawu@hinabook.com

本书若有印、装质量问题，请与本公司联系调换，电话 010-64072833